ARTIFICIAL CONDITION
人工条件

MARTHA WELLS

[美]玛莎·威尔斯 著

艾德琳 译

北京联合出版公司
Beijing United Publishing Co.,Ltd.

图书在版编目（CIP）数据

人工条件 /（美）玛莎·威尔斯著；艾德琳译 . --
北京：北京联合出版公司，2022.2
ISBN 978-7-5596-5347-5

Ⅰ.①人… Ⅱ.①玛… ②艾… Ⅲ.①幻想小说－美
国－现代 Ⅳ.① I712.45

中国版本图书馆 CIP 数据核字 (2021) 第 119989 号

北京市版权局著作合同登记号：图字01-2021-1192

ARTIFICIAL CONDITION
Copyright © 2018 by Martha Wells
Published by agreement with Donald Maass Literary Agency
through The Grayhawk Agency Ltd
Simplified Chinese edition copyright © 2022
China Pioneer Publishing Technology Co.,Ltd
All rights reserved.

人工条件

作　　者：[美] 玛莎·威尔斯
译　　者：艾德琳
出 品 人：赵红仕
责任编辑：牛炜征
封面设计：吴黛君

北京联合出版公司出版
（北京市西城区德外大街83号楼9层 100088）
北京新华先锋出版科技有限公司发行
涿州汇美亿浓印刷有限公司印刷　新华书店经销
字数96千字　620毫米×889毫米　1/16　11印张
2022年2月第1版　2022年2月第1次印刷
ISBN 978-7-5596-5347-5
定价：49.00元

如果想让人类明白自己是在做蠢事，那么假装询问更多的信息，从而让人类再次思考，才是最佳方式。

——杀手机器人语录

该小说不仅仅是一部有趣、快节奏的太空悬疑片，还有着敏锐的、犀利的、动人的角色塑造。杀手机器人不是一个真正的、致命的人工智能机器。相反，它令内向的人产生了共鸣。

马尔卡·奥尔德

（科幻作家，曾入围雨果奖、约翰·W·坎贝尔纪念奖等科幻大奖）

"杀手机器人日记"系列是一部令人心跳加速的悬疑片，它的主人公是我读过的最人性化的机器人形象之一。读者们，一起来看看这场发生在其他星球上的激战吧，欣赏一下这部小说是如何对一个杀手机器人进行细致入微的刻画的。主人公聪明善良，让你对人类的未来充满希望。

安娜丽·纽维兹

（科幻网站 io9 的创办者）

在这本书中，杀手机器人的第一批船员失踪了，但是新的角色也非常有趣——一个愤怒的运输船"阿特"。

我越来越喜欢杀手机器人了，对我来说，这是一个非常有趣的角色，宛如一个精神受到创伤并且有点儿情感封闭的人类。另外，我很高兴玛莎·威尔斯没有给机器人赋予性别。

艾尔

（亚马逊精选五星评论）

在杀手机器人经历了上一次惊心动魄的冒险之旅后，我很好奇它会为了"自由"做些什么。我满怀期待地开始阅读"杀手机器人日记"系列的第二本书。我非常喜欢玛莎·威尔斯的作品。虽然我一口气就读完了，但我仍然记得《人工条件》的许多细节，说明它足以给人留下深刻印象。这是一本令人愉快的读物，有很多的幽默和讽刺，绝对值得一读！

卡罗尔

（亚马逊精选五星评论）

故事的侧重点来自于对非人类的刻画。在第一本书的事件之后，杀手机器人想要回到那场大屠杀的现场。为了能够去到那里，它以安保人员的身份加入了一个技术专家小组。

这个故事中我最喜欢的部分是关于"阿特"的介绍，这是一艘有自我意识的运输船。虽然它最初吓到了杀手机器人，但是它们很快便相处融洽，共同合作。这让我想起了《银河系漫游指南》中那个患有抑郁症的机器人。不过"阿特"没有那么沮丧。毫无疑问，整个"杀手机器人日记"系列的魅力就是将杀手机器人和"阿特"人类化。正是他们不同寻常的性格特征才让这本书变得如此有趣。

这是一个完整的故事，我希望在接下来的书中还可以看到"阿特"！

凯文·库恩

（亚马逊精选五星评论）

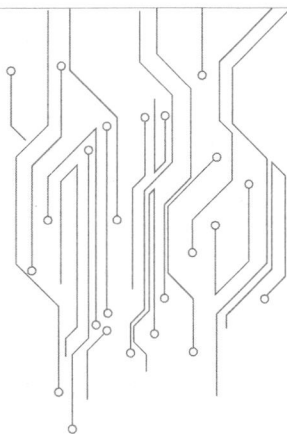

日 记

杀手机器人

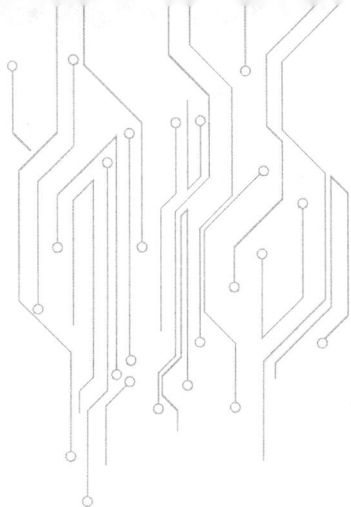

第一章

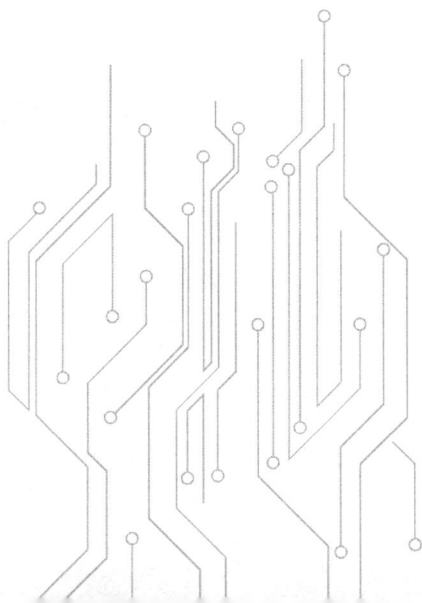

/////////

护卫战士们才不在乎新闻上播了什么。就连我在入侵了自己的调控中枢，获得那些频道的访问权限之后，也没怎么留意过新闻播报。部分原因在于和触发报警概率较小的娱乐节目相比，播放政治与经济新闻的权限在数据交换层上要更受保护。但主要还是因为新闻很无聊，我又不在乎人类对彼此都做了些什么，只要前提是我不必阻止他们的行为，事后也不需要帮他们收拾烂摊子即可。

然而当我穿过中转环里的商场时，一条来自交通枢纽站的突发新闻已经传开了，正在很多公共频道上循环播放。我匆匆扫了一眼，但还是专注于隐藏自己杀手机器人的身份，尽量装成一个普通的强化人类穿过人群。同时还要强迫自己在不小心和人类目光接触时保持冷静。幸运的是，这些人类和强化人类要么忙着赶去各自的目的地，要么忙着搜索路线指引和班次表。

我顺利搭上货运船的便车，并和三艘客运飞船一起穿过了虫洞。商场里不同登船区域之间人满为患。除了人类外，还有各种各样大小不一的机器人。无人机在人群上方嗡嗡作响，货物则通过头顶的通道来运送。这些安保无人机不会扫描人群中有没有护卫战士，除非它们收到了特殊指令。到目前为止我没有收到任何消息，真是松了口气。

我曾经是公司的货物。这里仍然处于公司势力范围的边缘地带，所以我还算是公司的财产。

不过考虑到这才是我顺利通过的第二个中转环，我对自己出走至今的表现还是十分满意的。一般来说，护卫战士都是被当成货物运去完成合约的，从来不会踏上交通站或者中转环内只供人类使用的区域。为了隐藏身份，我不得不把我的盔甲留在交通枢纽的部署中心里，但只要隐没在人群中，我就会像以前一样不会引起丝毫注意（没错，我必须得不断向自己施加暗示）。我穿了一身灰黑色的工作服，长袖的 T 恤、夹克衫以及长裤和靴子，遮盖住了我身上所有的机械部分。我背着一个包，混在衣服、头发、肤色与界面接入器都各不相同的人群中，显得一点儿也不起眼。我脖子后面的数据端口暴露在外，但它的设计实在太接近强化人类经常会植入的界面接入器了，所以没有招来任何怀疑。再说了，也没人会想到一个杀手机器人会像人类一样大大方方地走在中转环的商场里。

紧接着，我在浏览新闻广播的时候，看到了一张图片。图上是我。

我的脚步没有丝毫停顿。因为我曾经做过很多训练，不管发生多震惊或恐怖的事情，我的身体都不会做出反应。但我确实可能一时没有控制住自己的表情——因为我习惯了一直戴着头盔来遮住脸。

我穿过一个大型拱门，经过几个食品服务柜台，在一个小型购物区域的门口停了下来。要是有人看见我，肯定会以为我正在频道里浏览购物区的网站，寻找想要的商品信息。

突发新闻里的图片上，显示我、李萍和拉提希一起站在交通站的酒店大厅里。画面焦点集中在李萍坚定的表情、皱着的眉毛和笔挺的商务套装上。而我和拉提希站在一旁，穿着灰色的"奥克斯守护组织"调查队制服，我们的身影在背景中显得有些模糊。图片标签里我被列为"……与安保人员"，这倒叫我松了口气，要知道我准备浏览这则新闻的时候可是做好了最坏的心理准备。

我一直以为这个经常存放护卫战士的部署中心和公司办公室的站台，叫作"交通枢纽站"，原来是叫"自由贸易港"。我还是第一次知道（每次来到这里的时候，我大多都待在修复舱、运输箱里，或是等待合约的待机状态）。这位新闻播报者顺带提了一句曼莎博士是如何买下了救过她的那个护卫战士（这显然是一句温暖人心的话语，能够冲淡原本伤亡惨重带来的愁绪）。护卫战士通常都穿着盔甲，或者站在血淋淋的事故现场。除此之外，记者们并不习惯看到护卫战士。所以在他们得知"购买护卫战士"这个消息后，还没有将我和那个他们以为的普通强化人类联系在一起，这可帮了我大忙了。

奇怪的是，我们有一些安全记录被公开了，包括我在"德落"基地里发现尸体的画面，以及古拉辛和李萍在爆炸后寻找我和曼莎时，摄像视野装置记录下的画面。我飞快地浏览了一遍，确保这些记录里不能清楚看到我的脸。

剩下的新闻就是公司、"德落"、"奥克斯守护组织"，再加上其他三个有公民参与"德落"调查活动的非联合政治体联合起来对付"灰泣"。眼下，有几个在调查活动中互为同盟的政治体在财务责任、管辖权和债券担保等问题上观点不一，律师团正在喋喋不休地争论着。我真不知道人类是怎么把这些麻烦事搞清楚的。新闻上并没有播报有关"奥克斯守护组织"成功向公司发出救援信号之后发生的事情的细节，不过也足够让我抱有希望了，也许任何想要寻找我的人都会以为我正和曼莎在一起。而曼莎与其他人当然知道，事实并非如此。

然后我又检查了一下时间戳，才发现这条突发新闻是在我离开交通站之后发布的，已经过时了。这就意味着现在官方新闻频道上可能已经有更多的最新消息了。

行吧。我告诉自己，这个中转环里不可能有谁会四处寻找一个叛逃的护卫战士。从公共频道上的可用信息来看，这里也没有什么债券担保公司或者安保公司的部署中心。我的合约向来都是探索偏远的设施或是勘探无人居住的行星，这差不多就是所有护卫战士的工作常态。就连娱乐频道上的节目和连续剧里，护卫战士也绝对不可能被派去守卫办公室、货仓、造船厂，或是中转环上其他的常见产业。再说了，媒体画面里的护卫战士也总是身穿盔甲，看不见脸，令人毛骨悚然。

我混入人群，再次沿着商场往前走。因为我身上装载了武器，所以当我走到任何可能会有武器扫描仪的地方，都必须多加小心。这种地方其实就是所有交通工具的购票场所，包括中转环上往返运行的小型电车。我倒是可以破解一个武器扫描仪，但根据此地的安全协议，供乘客使用的场所里有很多这种东西，而我一次又只能对付其中几个，另外我还得破解支付系统，目前看来完全就是一件吃力不讨好的事情。距离中转环上的出港区还有很长一段路要走，不过我也正好利用这段时间打开娱乐频道，下载一些新的娱乐节目。

在来这个中转环的路上，我一个人待在空荡荡的货运飞船上，终于有机会可以好好思考我到底为什么离开曼莎，又究竟想做什么。其实我自己也觉得挺惊讶的，但我明白余生不能就这么孤零零地坐在货运飞船上靠娱乐视频度日，虽然这听起来挺诱人。

我现在有一个计划，或者说我会有计划的——只要我能够得到一个重要问题的答案。

为了得到这个答案，我必须去一个地方。在接下来的这个周期里，有两艘自动驾驶飞船（飞船本身就是一个机器人）可以带我去那儿。一艘是货运飞船，和我来时搭的那艘没什么区别。它稍后才会出发，对我来说也是个更好的选择，因为我会有更多的时间去找它搭话并说服它带上我。要是我肯试试的话，也能破解它，不过我真的不想那么做。要和一个并不希望你登船的主控电脑共处那么长的时间，或者为了登船而入侵它的系统，难免有被看成变态的嫌疑。

频道里有地图与时刻表，还显示了中转环上的主要导航点，

所以我才找到了通往货物装载区的路。我耐心等到换班的间隙，迅速来到登船区，不得不入侵了这里的一个证件扫描系统和几架武器扫描无人机，结果引起了商业区入口处一个机器人保安的注意。我没有伤害它，只是通过频道破解了它的防火墙，删除了它记忆中与我有关的所有记录。

我一开始就被设计成可以与公司的安全系统相互连接，基本上就是一个交互组件在起作用。这个交通站的安保设施并没有使用公司的专利技术，不过也够接近了。再说了，在安全系统方面，谁又能比得上为了保护收集或窃取来的数据而变得疑神疑鬼的公司呢？所以我早就习惯和比这更强大的安全系统打交道了。

一旦进入了通行层，我就必须更加谨慎，因为不在这里工作的人根本就没有理由进来。在通行层里，虽然大部分工作都是由搬运机器人完成的，但这里也有穿着制服的人类和强化人类，他们的数量比我想象的还要多一些。

一大堆人类围在船闸旁边，把我想要搭乘的那艘飞船挤得水泄不通。我立马检查了频道里有没有发出警报，结果发现是因为有个搬运机器人发生了一起意外事故，各方都想搞清楚损失和责任归属。我本来可以等到他们离开再说，但我实在太想离开这个中转环继续前进了。说句实话，突发新闻里出现我的照片这件事情，一直让我内心十分忐忑不安，我现在只想一头扎进娱乐频道里，假装自己并不存在。为了实现这个愿望，我必须确保自己已经安安全全地待在一艘落锁的自动驾驶飞船上，准备离港。

我又检查了一遍地图，找出那个备选项。它停泊在另一个码头上，是一艘标记为非商业性质的私人交通工具。要是我动作够快的话，就能在它离港前赶过去。

时刻表上标明它是一艘远程研究飞船。听起来像是有船员的，可能还有乘客，但是附加信息说它是一艘自动驾驶飞船，目前正在执行货运任务，会中途停靠在我想去的目的地。我在频道里检索了一次历史记录，结果发现它属于一所行星大学，那所大学会在任务间隙把它租出去跑货运，赚回来的钱用来支付它的保养费用。这次到目的地需要二十一个周期，我真的非常期待这趟无人打扰的旅程。

对我来说，从商业码头进入私人码头简直是易如反掌。我控制了安全系统，让它忽略我没有授权的问题，然后从一群乘客和船员的背后溜了过去。

我找到了研究飞船停泊的码头，通过通信端口发了条试探性的消息过去。它几乎立刻就做出了回应。我搜索频道，发现它正准备进行一趟全自动航行。为了确保万无一失，我还是发了一条消息向船员们打招呼，希望能引起他们的注意。结果收到的回复为空，船上没有人。

我又给这艘飞船发了一条消息，开出了和之前搭乘货运飞船同样的条件：几百个小时的娱乐节目、连续剧、书籍、音乐，以及一些刚刚经过中转环商场时找到的新节目，以此作为交换，让它搭我一程。我告诉它，我是一个自由机器人，想回去找我的人类监护人（"自由机器人"这话是骗人的。有些非联合政治体承认机器人是公民，比如"奥克斯守护组织"。不过就算是他们，也要给机器人指定人类监护人。合成体有时候会和机器人归为一类，但有时候也会和致命武器归为一类，这可不是什么好事）。这就是为什么我才做了不到七个周期的"自由人"（包括之前在货运飞船上独处的时间），就已经熬不住要给自己放个假了。

一阵停顿后，那艘研究飞船发来一条允许我登船的消息，并为我打开了气闸锁。

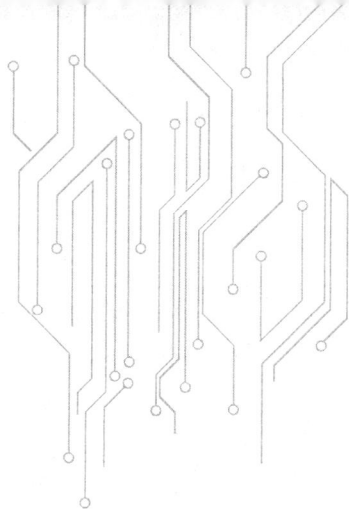

第二章

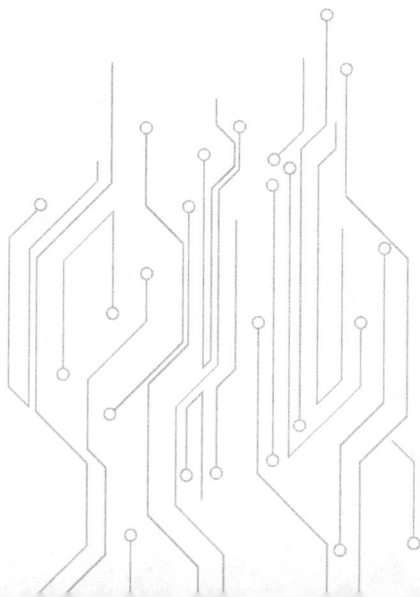

//////////

我等了一会儿，确认了气闸锁已关闭，中转环那边也没有传来警报声后，就沿着飞船入口往里走去。从示意图来看，这艘飞船用来装载货物的舱室原本是留给实验室的，不过既然实验室已经被密封搬到大学码头的仓库里去了，船上就有了足够的空间来装货。我把压缩后的媒体文件包放进了这艘船的频道里，方便它自己任取所需。

船上还有一些普通的机舱、补给仓库、客舱、医疗套间和食堂，除此之外还附带一个更宽敞的娱乐区域，以及一些教学套间。家具上放着蓝白相间的软垫，都是最近才清洗过的，不过还是带有一丝脏袜子的气味，似乎所有人类居住的地方这种气味都挥散不去。除了空气系统产生的微弱噪声外，船上一片寂静，就连我的靴子踩在甲板覆盖层上也没有发出任何声音。

我的系统可以自我调节，我不需要补给、不需要吃饭喝水、不需要排出液体或固体，也不需要多少空气。只要飞船开启最低限度的生命保障系统（通常会在没有人类乘坐时开启），我就能维持系统运转。不过这艘飞船把生命保障系统的挡位给我稍微提升了一点儿，它可真是个好船。

我四处走走逛逛，不断对照着示意图检查船上的东西，确保一切正常。就算我知道以后要改掉这个习惯，也还是忍不住巡逻。看来我还有很多事要学着去改变。

一开始合成体被研发出来的时候，人们先入为主地认为我们的智力水平不是很高，像是一种更笨的机器人。公司不想花更多的钱去雇用人类主管，但他们也不能让一种和搬运机器人一样没脑子的机器人负责安保工作，所以就把我们造得更聪明了。副作用就是给他们带来了焦虑和抑郁。

还记得在公司部署中心的时候，我就站在一边，听曼莎博士解释她为什么不想依照债券担保协议的部分条款来租赁我。她将我们智力的提升称为"打开地狱之门的妥协"。

这艘飞船不在我的责任范围内，因为船上没有人类雇主，我不用保护他们免遭外部伤害，也不用制止他们伤害自己，更不用阻止他们自相残杀。然而这艘飞船虽然好，却意外地缺乏安保措施，我想知道这艘船的主人为什么不留几个人类在船上照看它。和大多数自动驾驶飞船一样，示意图显示船上有一些无人机负责维修，不过再怎么说也还是该有几个人类才对。

我不停地巡逻，直到感觉甲板传来了隆隆声和哐当声，这意味着飞船刚刚离开了中转环，开始前进了，我的紧张情绪逐渐得到缓解。一般来说，杀手机器人的一生都是在应对压力中度过，因此我还是需要很长一段时间才能习惯离开盔甲的生活。

我在控制台下面找到了一个船员会议区，坐在了一个放着软垫的椅子上。修复舱和运输箱里没有软垫，所以对我来说舒舒服服地坐着旅行还是件新鲜事。我开始整理我在中转环上下载的一些文件，里面有些娱乐节目是脱离公司势力范围才能观看的，包括很多新的戏剧和系列动作片。

我还从来没有过这么长的一段无人看管的时间。在这段自由的时间里，我可以好好整理一下所有东西，把它们都安排得井井有条；也能全神贯注地做自己的事情，不必同时监视多个系统和雇主频道。在此之前，我要么在值班，随时候命；要么就待在一个小舱室里保持待机状态，等着有合约后他们来激活我。所以我需要一个过程来慢慢习惯这种闲暇时光。

我选了一个看起来还挺有意思的新连续剧（有银河系外的探险、动作戏和神秘案件的标签），点开了第一集。我已经做好了沉迷追剧的准备，至于等到了目的地之后该做些什么嘛……干脆就拖到最后一刻再考虑吧。

突然，在我的频道里，有什么东西开口说话了：**"你可真够幸运的。"**

我一下子坐直了。这简直出乎我的意料，以至于我的有机部位开始释放肾上腺素。

飞船才不会说话呢，就算在频道里也不会。虽然它们会用图片和数据串回答问题，但这可不是为了对话而设计的。我倒不奇怪这一点，因为我也不是为了对话而设计的。之前我把我存储的媒体文件分享给了第一艘飞船，它给了我权限让我可以访问它的通信频道，这样我就可以确保没有人知道我在哪里。这就是我们全部的互动范围了。

我小心翼翼地拨弄着频道，想知道自己是不是被骗了。我有扫描功能，但是无人机不在身边，我扫描的范围就相当有限。周围有重重屏蔽，又堆满了设备，除了飞船系统的读数之外，我什么都没找到。不管这艘船归谁所有，这位船主都想营造一个进行专利研究的私密空间——仅有的安全摄像头安装在舱口，船员区什么都没有。又或者是我没找到。但这个频道又大又分散，不可能是人类或者强化人类，即使频道中的防火墙在保护着它，我也还是可以分辨出来的。而且它听起来像个机器人。如果是人类在频道里说话，他们只能默念，他们脑中的声音往往听起来像是他们本身的声音。就算是拥有全套界面接入器的强化人类也免不了会这样。

也许它是想向我表达友好，只不过不太善于沟通交流。我大声说："我怎么就幸运了？"

"没人发现你的真实身份。"

这我可就放心不下了。我小心谨慎地对它说："你觉得我是谁？"如果它怀有敌意，那我就没有多少选择的余地了。自动驾驶飞船的主控电脑没有身体，飞船本身就是它们的身体。相当于它的大脑在我头顶上方，靠近人类驻守的舰桥部分。再想想我也无处可逃——我们正离开中转环，优哉游哉地向虫洞前进。

"你是一个叛逃的护卫战士，一个机器和人类的合成体，有一个被弄坏的调控中枢。"我吓得缩了缩，它在频道里戳了我一下，继续说，**"别想着入侵我的系统。"**然后在 0.00001 秒里，它撤掉了防火墙。

这点儿时间足够我对这位大佬留下一个深刻的印象了。系外天文分析只是它功能的一部分，因为现在执行的是货运任务，所以它全部的处理能力都闲置着，等待着下一次任务。它可以在频道里像踩扁一只虫子一样碾碎我，推倒我的防火墙和其他防御措施，直接剥夺我的记忆。在规划着虫洞跳跃的同时，它还能估算未来 66000 小时内全体船员的营养需求、在医疗套间里进行多个神经系统手术，并且在土耳其塔夫拉棋里打败经验丰富的老手。我以前还从来没有与这么强大的东西直接接触过。

一步走错步步错啊！杀手机器人，这下要满盘皆输了。但话说回来，我又怎么会知道这个世界上还有知觉强大到能故意整我的飞船？娱乐节目里天天都有邪恶机器人的戏份，我以为那只是幻想出来的吓唬人的故事而已。

我说了一声"好吧"，然后关掉了我的频道，在椅子上缩成一团。

我跟人类不一样，一般不会害怕。我吃过几百次的枪子儿，次数多到我都数不过来，公司也没有替我数过。我被敌对动物咬过，被重型机械碾过，被变态雇主拿来折磨享乐过，还被记忆清除过，凡此种种，不一而足。但是经历了超过 33000 小时后，现在我已经习惯了。我只想让自己保持原本的样子。

飞船没有反应。我试着想出各种策略来应对接下来可能会发生的状况，以及思考回击的手段。比起普通机器人，它更像一个护卫战士。我想知道它是不是一个合成体，克隆有机脑组织是否深藏在它系统里的某处。我从没试过入侵另一个护卫战士的系统。可能在旅程接下来的时间里我都得保持待机状态，等到达目的地再想办法唤醒自己会比较好。但是这样会让我很容易被它的无人机攻击。

时间渐渐流逝，我等待着它的反应。我很庆幸自己注意到了飞船上没有摄像头，也没有费心去尝试入侵飞船的安全系统。我现在明白为什么人类觉得它不需要额外的防护措施了——一个行动自由、有主动性、对所处环境有着全然掌控的主控电脑完全可以击退任何恶意登船者。

它为我打开了舱门。它想让我上船。

这可太不妙了。

然后它说道："你可以继续播放娱乐节目。"

而我只是警惕地继续缩着。

它补充了一句："别生气了。"

我确实挺怕的，不过这话激怒了我，我必须让它明白遭人恐吓对我来说也不是新鲜事了。我通过频道对它说："护卫战士才不会生气，这样会被调控中枢惩罚。"我还专门从记忆里找出那些与惩罚有关的记录，想让它看看惩罚到底是什么滋味。

几秒钟变成1分钟，2分钟，然后又变成3分钟。对人类来说，几分钟听上去根本就不算什么，但是对两个机器人来说，啊不好意思我重说，对一个人机合成体和一个机器人来说，这个对话间的停顿已经算是很漫长的一段时间了。

然后它开口道："对不起，我吓着你了。"

好吧，要是你觉得我会相信这种道歉，那你根本就不懂杀手机器人。它很有可能是在耍着我玩。"我不想从你那里得到任何东西，只是想搭个便车去你的下一个目的地。"早在它帮我打开舱门之前，我就已经解释过这一点了，不过再重复一遍也无妨。

我感觉到它退到防火墙后面去了。我等待着，顺便让我的循环系统把身体里制造恐惧的化学物质清除出去。时间缓慢流逝，我开始觉得无聊了，简直和我被激活后只能待在小舱里，等待新雇主来取货的感觉如出一辙。如果它真想摧毁我的话，至少让我在死前多看两集连续剧吧！想到这儿，我又继续观看新剧了，不过我被吓得够呛，没办法集中精力，所以暂停了手里这部剧，开始重看《圣殿月亮的升与落》。

看了三集之后，我的心情平复了，开始不情不愿地站在这艘飞船的角度去看待整件事情。如果它不够小心的话，一个护卫战士是可以给它造成很多内部伤害的，再说了，叛变的护卫战士向来也不是以低调和从不惹事著称的。我并没有伤害我乘坐的上一艘客运飞船，但是它并不知道这一点。我想不明白它为什么会让我登船。如果我是这艘飞船的话，肯定不会信任我自己这种护卫战士。

说不定它和我一样想叛逃，所以看到有这么个机会就随手抓住了，而不是因为它知道自己想做什么。

不过无论怎么说，它还是一艘非常讨人厌的飞船。

看了六集之后，我感觉这艘船又跑到频道里来了，正鬼鬼祟祟地潜伏着。虽然它肯定知道我察觉到它了，但我还是选择忽略它。用人类的话来说，这种感觉就像是想要忽略背后一个呼吸沉重的大块头，正越过你的肩膀偷看你的显示屏，更别说他还倚在你身上。

我又看了七集《圣殿月亮的升与落》，它一直在我的频道里晃来晃去。然后它嘀了我一下，就好像我还有可能没发现它在我的频道里一样。它向我发了一条请求，想让我回去看我刚刚关掉的那个新的冒险连续剧。

这个连续剧叫《世界跳跃者》，讲的是一群自由探索者将虫洞和环网延伸到无人居住的星系里去的故事。这情节看起来非常不现实，但正好对我胃口。

"我登船的时候就给你发了一份我所有媒体文件的拷贝。你没有看吗？"我开口说道。我可不会像跟我的雇主说话一样和它在频道里交谈。

"我检查过你发的东西是否有恶意病毒软件或者其他危害。"

去你的，我想着，继续看《圣殿月亮的升与落》。

两分钟后，它又嘀了我一下，重复了一遍请求。

我对它说："你自己看去。"

"我试过。但只有通过你的过滤器我才能更好地处理媒体文件的内容。"

这话让我停了下来，我不明白它的意思。

它解释道："当我的船员播放视频时，我处理不了视频的内容。我对船体之外的人类互动和环境很不熟悉。"

现在我明白了。它需要解读我对娱乐节目的反应，才能真正弄懂节目里演了什么。人类使用频道的方式和机器人（与合成体）不同，当它的船员们播放视频时，他们的反应不会成为数据的一部分。

我觉得很奇怪，因为这艘飞船对剧情发生在殖民地的《圣殿月亮的升与落》没那么感兴趣，反而对《世界跳跃者》这种讲一艘大型探索船上船员生活的连续剧兴趣盎然。你看了也会觉得这种剧太贴近现实了——我就会刻意避开有关调查小队和采矿设施的连续剧——不过也许它更容易接受现实中熟悉的东西。

我很想拒绝它。但如果它需要通过我来看它想看的节目，那它就不会生气，也不会摧毁我的大脑。另外一点是，我其实也挺想看那个节目的。

"这情节不太现实，"我对它说，"想想也知道肯定不现实。这是个故事，而不是纪录片。要是你抱怨它不够真实的话，那我就不看了。"

"我尽量不抱怨。"它说（你可以代入最讽刺的那种语气）。

然后我们开始看《世界跳跃者》，它并没有抱怨这剧不够现实。三集之后，每有一个小角色被杀，它都会变得焦躁不安。看到第二十集时，有个主要角色死了，我不得不暂停 7 分钟再继续播放，因为它在频道里直发愣，就像一个盯着墙发呆的人类，还假装自己在运行一个诊断程序。不过四集之后，这个角色又复活了，它松了一大口气。于是我被迫跟着它翻来覆去地把这一集看了三遍，然后它才肯继续往后看。

当一条故事主线进入高潮时，情节暗示主角的飞船可能遭到了毁灭性的破坏，船员们也非死即伤，它竟然吓得不敢看了（当然了，它原话并不是这么说的，不过它就是不敢看了）。到现在我已经非常心疼它了，所以愿意一次就看一两分钟，让它可以先放松心态调整一下，再进入后面的剧情。

等到这集结束，它就只是呆呆地坐在那里，甚至都忘记假装运行诊断程序。它坐了整整 10 分钟。对于一个精密复杂的机器人来说，它的处理时间算是很长了。然后我听见它说："**再看一遍吧，求你了。**"

所以我们又从第一集开始重新看了一遍。

又看了两遍《世界跳跃者》之后，它表示想把我这儿所有有关人类和飞船的娱乐节目都看一遍。然后我们碰到了一部基于真实故事改编的连续剧，剧里那艘飞船遭遇危险致使船体破裂，突然的减压导致船上几名船员的死亡（船员们在真实事件中确实永远安息了）。看完之后它伤心过度，我不得不帮它创建了一个内容过滤器。为了让它轻松一下，我提议改看《圣殿月亮的升与落》。它同意了。

看了四集之后，它向我发问："这个故事里面没有护卫战士吗？"

它肯定以为我喜欢《圣殿月亮的升与落》和它喜欢《世界跳跃者》是出于同一个原因。我对它说："没有。连续剧中有护卫战士角色的并不多，就算有，也要么是大反派，要么是大反派的爪牙。"娱乐节目里的护卫战士都是叛徒，想杀光所有人类，我猜是因为它们忘记了是谁帮它们制造了修复舱。在一些烂剧里，护卫战士有时候还会跟人类角色发生性关系。这种剧情既离奇又不准确，而且在解剖学上也说不通。只有性爱机器人有与性交相关的人体部位，不过它们没有内部武器系统。怎么能随随便便把性爱机器人和护卫战士搞混呢（相信我，护卫战士对人类或者其他任何类型的性爱都毫无兴趣）？

诚然，想在视频媒体中呈现护卫战士真实的生活方式很困难，因为几个小时一直站立不动的画面实在非常无聊，精神紧张的雇主通常还会尽量假装我们不存在。但是书中也没有任何关于护卫战士的描述。我猜你也不能从你认为毫无亮点的角度去讲述一个故事。

它说："**这种描绘是不真实的。**"（你可以这样想：它每一句话都是用最讽刺的语气说的。）

"节目里不真实的描绘会让每个人类都怕你。"在娱乐节目中，护卫战士的角色都是符合雇主心理预期的——一群无情的杀戮机器，随时都可能毫无理由地暴走，就算有调控中枢也无济于事。

这艘飞船思考了 1.6 秒，接着用一种没那么讽刺的语气说："你不喜欢你的职责。我不明白，那怎么可能呢？"

它的职责是穿越在它看来非常迷人的宇宙，用它的金属身躯保护飞船上所有人类和其他乘客的安全。它当然不会明白为什么我不喜欢履行自己的职责了，因为它的职责也太理想了。

"我喜欢自己的部分职责。"我喜欢保护人类和东西，我喜欢在危机到来时想出机智的策略脱险，我喜欢看到自己做对所有事。

"那你为什么跑到这里来了？你不是一个想去找监护人的'自由机器人'。如果你是的话，那么我猜在我们刚刚离开的那个中转环上，我就不能简单地通过公共信息中继站给你发消息了。"

这个问题出乎我的意料，因为我没想到它会对除自己之外的事情感兴趣。我有些犹豫，我猜它可能已经知道我是谁了，而且也知道我现在站在这里绝对不是合理合法的。于是我给它播放了"自由贸易港"的那条突发新闻，说："这是我。"

"'奥克斯守护组织'的曼莎博士买下了你，并且允许你离开了？"

"没错。你想再看一遍《世界跳跃者》吗？"话音刚落，我立马就后悔了。它知道我是想转移它的注意力。

它说道："**我不能接受未经授权的乘客或者货物登船。为了隐藏你的存在，我必须修改日志消除证据，**"它停顿了一下，"**所以说我们两个都有秘密。**"

这下我完全没理由不把我的事情照实说给它听了，只不过我害怕这种事在它听来会觉得愚蠢。"好吧，我确实没得到许可就擅自离开了。她让我和她合住，但她家里又用不上我。他们要个护卫战士有什么用呢？而我又……不太清楚我究竟想要什么，也不知道我到底想不想去那里生活。我不知道找个人类监护人有什么用，那不就是把'主人'换了个说法吗？我明白从交通站逃跑比从行星上逃跑要容易得多，所以我就跑了。你又为什么让我上船呢？"

我以为抛出疑问可以转移它的注意力，结果我又错了。"**我对你感到好奇，而且没有乘客的货运任务又很无聊，**"它简洁回答了我的问题，然后继续向我发问，"**你逃跑是为了去拉维海洛采矿场 Q 站台。这是为什么？**"

"我逃跑是为了离开'自由贸易港'，远离公司。"我只能这样回答它，"在我破解了自己的调控中枢，能自由思考后，我才决定去拉维海洛。我需要研究一些东西，那里是最合适的场所。"

我觉得提到研究的事能堵住它的提问，因为它理解什么是研究。不过我还是错了，它并没有停止提问。"中转环上有可用的公共图书馆资源，还可以通过行星级档案馆交换信息。为什么不在那里进行研究？我船上的档案也十分丰富，为什么你不想办法访问这些资料？"

我这次并没有回答。它等了整整 30 秒，然后说道："合成体的系统天生就比不上高级机器人，不过你也不蠢。"

"是啊！好吧，你最牛了。"我愤愤地想，然后就启动了关机程序。

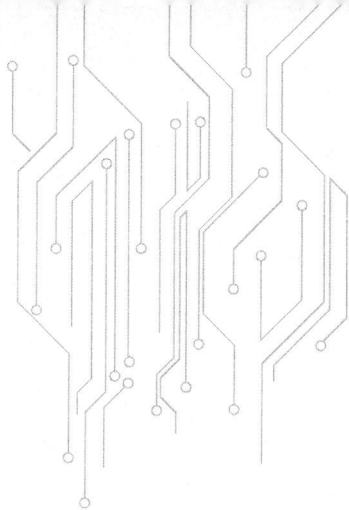

第三章

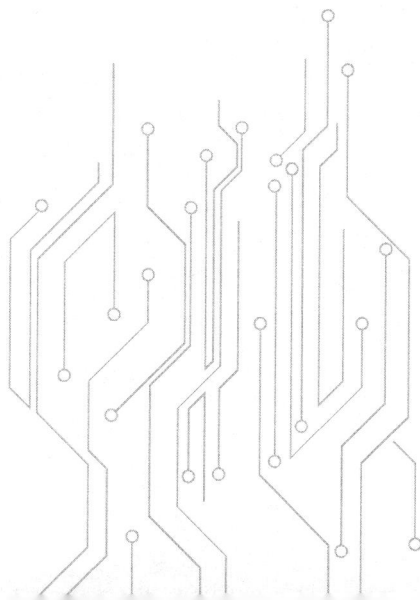

///////////

4 小时后，当我的自动充电循环开始时，我猛地一下醒了过来。飞船马上说："你这是完全没必要的幼稚行为。"

"你懂什么叫幼稚吗？"我现在更生气了，因为它说得对。关机和一动不动可能会把人类打发走或者转移他们的注意力，但它完全可以等我醒来继续和我吵架。

"我的船员里包括老师和学生，所以我积累了很多关于幼稚的例子。"

我只是坐在那里，气不打一处来。我想回去继续看娱乐节目，但我知道它会觉得我接受了不可选择的命运。在我一生中能回忆起的部分里，我除了认命之外什么都做不了。我已经厌倦这样的无能为力了。

"我们现在是朋友了。我不明白你为什么还是不肯和我讨论你的计划。"

这话简直让我震惊到出离愤怒，我说："我们根本不是朋友。起航的时候你做的第一件事就是威胁恐吓我。"我指出这个问题。

"我需要确认你不会试图伤害我。"

我注意到它说的是"试图"而不是"企图"。如果它真的在意我的企图的话，从一开始就不会让我上船了。也不是说它"试图"这词用错了。不过它倒是很喜欢向我展示它比护卫战士要更加强大。

看连续剧的时候，我使用了它放在公共频道里的示意图和数据库里非保密信息区可用的类似型号运输船规格，设法对它做了一些分析。我想出了 27 种能让它瘫痪的不同方法，还有 3 种能炸烂它的方法。但是互相威胁的场面我可没兴趣。

要是我能完好无损地从这儿逃出去，下次一定找一艘更善良也更白痴的飞船搭便车。

我依旧没回复它。现在我知道了，它就是受不了我无视它。**"我都跟你道歉了。"**我还是不理它，它又补充了一句，说：**"我的船员一直都觉得我值得信赖。"**

我真不该带着它看那么多集的《世界跳跃者》。我说："我又不是你的船员，更何况我连人都不是。我就是个合成体。合成体和机器人之间怎么可能互相信任呢？"

它终于安静了 10 秒钟，但它的信息活动突然变得更加活跃，我意识到它肯定是在自己的数据库里搜索，想找出办法来反驳我的话。然后它开口道："为什么不可以呢？"

我已经有足够的耐心解答人类提出的各种蠢问题，面对现在这种情况我应该有更强的自制力才对。我说："因为我们都得服从人类的命令。人类可以命令你清除我的记忆，也可以叫我摧毁你的系统。"

我以为它会反驳说我伤害不到它，这样整个对话就都进行不下去了，但它说："反正现在又没有人类在嘛。"

我发觉这场对话注定要走入死胡同。这艘船假装想让我给它解释清楚，实际上是为了让我把内心想法好好表达出来。我都说不清我到底更讨厌谁，是我自己还是它。不对，我肯定还是更讨厌这艘破船。

它为什么非要知道我的事？我是在害怕它知道以后对我的评价会有所降低吗（据我所知，它对我的评价已经降无可降了）？我真的在乎一艘混蛋垃圾船是怎么看我的吗？

我不该问自己这个问题的。我强压下涌上来的一阵漠不关心的情绪。如果我想按照自己的计划进行下去，就像之前一样，那我就需要对周围人保持关心。要是我彻底放飞自己的话，那最后的下场可就不好说了。也许我会待在一艘笨船上沉迷追剧，然后被别人给逮住，把我卖回公司或者是直接宰了，拿着我的无机部件去卖钱。

"大约 35000 小时前，我被指派去完成拉维海洛采矿场 Q 站台的一份合约。在那次任务中，我暴走了，还杀死了一大堆雇主。而我脑海中关于这件事的部分记忆被清除了。"通常公司只能清除护卫战士的部分记忆，因为我们大脑中依旧存在有机部位。记忆清除并不能抹去储存在有机神经组织的记忆。"我想知道这起事故是不是我的调控中枢发生严重故障导致的。我觉得这就是原因，但我还是想确认一下。"我犹豫了，不过管他呢，这艘破船都已经知道剩下的事了，"我想知道是不是因为我破解自己调控中枢的行为，才导致了那场惨剧的发生。"

我不知道自己在期待些什么。我知道比起护卫战士和雇主之间的关系，"阿特"（就是这艘特别讨厌的破研究船的简称）对它的船员有着更深的感情。如果它对在船上工作生活的人类没有那么强烈的感情，那它看到《世界跳跃者》里的角色们有什么三长两短的时候也就不会那么难过了。我也不需要过滤掉所有基于真实故事改编、有人类船员受伤的节目了。我知道它是什么感觉，因为我对曼莎和"奥克斯守护组织"有着同样的感情。

它继续发问："为什么那件事的记忆会被清除了？"

我没想到它会问这个问题，说道："因为护卫战士的造价很高，公司在我身上投了这么多钱，他们不想血本无归。"我有点儿坐立不安。我想劈头盖脸地骂它几句，这样它就不会再来烦我了。我真的不想考虑这些事情了，只想回去看《圣殿月亮的升与落》。"要么我是因为故障杀害了他们，然后才入侵了调控中枢；要么我就是先入侵了调控中枢，这样才能把他们杀光。就只有这两种可能性。"

"难道所有合成体都这么没逻辑吗？"它居然还好意思说这种话。别忘了之前看一部虚构的连续剧时，是哪艘拥有极强运算能力的垃圾大烂船被感动得死去活来，还得我握着它虚拟的手来安慰它。但在我出言讽刺它之前，它就补充了一句："首先应当考虑的并不是这两种可能性。"

我不知道它是什么意思，问道："那你说说看，首先应当考虑什么？"

"应该是那件事究竟真的发生了，还是并没有发生过。"

闻言，我惊得站了起来，来回踱步。

　　阿特没有理会我，继续说道："**如果那件事真的发生了，那么究竟是你一手造成的惨剧，还是外部力量利用你引起的惨剧？如果是外部因素造成的，那又是为了什么？谁能从那起事故中获益？**"

　　阿特似乎很高兴把问题梳理得这么清楚，我就没这个自信了。"我知道我可能入侵了自己的调控中枢，"我指了指我的头，"就是因为这样，我现在才有机会站在这里。"

　　"**如果是你入侵了调控中枢才导致那场事故的发生，那它为什么没有进行定期检查和黑客攻击探测呢？**"

　　如果我不能糊弄标准诊断程序的话，那就算入侵调控中枢也没什么作用。不过嘛……虽然公司既吝啬又草率，但他们绝对不蠢。我一直都被关在公司附属的部署中心里。就是因为在他们眼皮子底下，他们才没有预料到潜在的危险。

　　阿特说："你是对的，为了完全弄清楚那起事故的来龙去脉，我们确实需要进一步地研究。下一步你打算怎么办？"

　　我停止踱步。它当然知道我下一步打算怎么办了，不就是去拉维海洛寻找有用信息。我突破不了公司知识库的警戒线，但拉维海洛的系统可就不是什么铜墙铁壁了。如果我再次来到那个地方的话，我的人类神经组织里有些记忆可能会复苏（说实话，我并不太期待）。我能看出来阿特又在故技重施，它就喜欢问我它已经知道答案的问题，这样它就可以引我入套，让我承认我并不想承认的事情。我决定不跟它废话了，直接问它："你什么意思？"

"你护卫战士的身份会被别人戳穿的。"

这可有点儿扎心了，我说："我可以装成强化人类混进去。"强化人类也是人类。我不知道会不会有强化人类安装过多的植入机体，以至于最后外貌跟护卫战士没什么两样。但人类似乎不太愿意往自己身体里安装那么多植入机体，也不可能经受得住植入带来的损害。不过话说回来，人类本来就是个挺奇怪的物种。算了，之前那些我确实不得不目睹的场面，还是别让其他人看到会比较好。

"你看起来像个护卫战士。你的一举一动也像个护卫战士。"它在频道里发了一系列录像，把我在走廊和船舱里走动的姿态，和同一空间内它的船员走动的姿态做了对比。我离开中转环之后确实松了口气，放松了心里的那根弦，不过我看起来依然很紧张。从录像里看，我就像一个正在四处巡逻的护卫战士。

"在中转环上就没人注意到。"我说。但我知道我那是靠运气。我之所以能成功走到这一步，是因为商业中转环上的人类和强化人类都没有见过护卫战士，除了出现在娱乐频道和新闻里的那种，而那种护卫战士大多数时候不是在疯狂杀戮就是已经被炸成碎片了。如果有一个曾经和护卫战士签过长期合约的人注意到我，那我的真实身份可能会当场暴露。

阿特列出了一份地图清单。拉维海洛采矿场 Q 站台是一颗气态巨行星的第三大卫星。地图旋转着，图上采矿设施、支持中心和一个港口都被高亮标注了出来。"**那些采矿设施会雇用护卫战士。你会被那些和护卫战士工作过的人类管理员看穿的。**"

"那我也没办法。"我真的很讨厌说真话的阿特。

"**你不能更改你的配置部件吗？**"

"不，我不能。你看看护卫战士的规格就知道了。"我能从频道里看出它的怀疑。

"**护卫战士从来没有接受过改造吗？**"它愈发地怀疑。很明显，它从数据库里提取了所有的信息，并全部消化吸收掉了。

"没有。只有性爱机器人是可以改造的。"至少我见过的那些性爱机器人都是改造过的。有些基本上沿用了标准配件，只做了少许改动；有些则被改得面目全非了。"但改造需要在部署中心的修复舱里进行。要是接受改造，我需要一个医疗套间。我说的是一个设备齐全的医疗套间，只有急救箱是万万不行的。"

它说："我有一个设备齐全的医疗套间。你可以在那里进行改造。"

这话倒是不假。像阿特船上这种完美的医疗套间，只是能够为人类进行成千上万场手术，不可能会有改造护卫战士身体的程序。我也许可以指导它完成整个过程，但这里面有个很大的问题——如果在对我身体进行改造时，我没有进入非激活状态的话，那么就会对我的身体造成毁灭性的损害，例如不可逆的功能丧失。我说："理论上可以。但我又不能在被改造的同时操作医疗系统。"

"我可以呀。"

我什么也没说，又再次整理了一遍我下载的媒体文件。

"你怎么不回答我呢？"

到现在我对阿特已经足够了解，知道它是不会让我一个人清净的，所以我干脆就直说道："你是想获得我的信任，所以让我安心接受你来改造我的内部结构吗？还是想让我在非激活状态的时候信任你不会对我为所欲为？"

它那副腔调听起来竟然像是被我冒犯了，说道："我协助我的船员进行过很多次手术。"

我站起来继续踱步，又盯着舱壁看了 2 分钟，接着运行了一个诊断程序，最后说道："你为什么要帮我？"

"我已经习惯了帮助船员进行大规模的数据分析及很多其他的实验。每当我进入运输模式的时候，我都会觉得我的能力闲置不用是一种浪费。你的问题充满谜团，解决它将会是一次有趣的横向思维训练。"

"所以你是觉得无聊？想把我变成你拥有过的最好的玩具？"被放在库存里是我最期待的事，我愿意为了二十一个周期无人看管的自由时光付出任何代价，所以我一点儿都不觉得它可怜。"你要是无聊的话，就看看我发给你的那些媒体文件吧。"

"我明白，作为一个叛逃的护卫战士，你的未来将会一直面临危险。"

我本想开口纠正它，但话到嘴边又咽下。我并不觉得自己是个叛逃的护卫战士。我确实入侵过调控中枢，不过我仍然在继续执行命令，至少大部分都执行了；我也并没有从公司出逃，是曼莎博士通过合法手段购买了我。虽然我没有得到她的允许就离开了酒店，但她也没有说过不准我离开（好吧，我知道最后一条不足以支撑我的论点)。

真正反叛的护卫战士会杀掉它们的人类和强化人类雇主。我……也这样做过一次,但不是自愿的。

我得弄清楚那件事到底是不是我自愿的。

"只要我继续搭乘无人驾驶的飞船,我的生存就不会受到威胁。"而且还得学会避开那些喜欢威胁我、质疑我所有的选择,还想靠动动嘴皮子就把我骗进医疗套间,拿我来做外科手术实验的变态船。

"这就是你想要的吗?你不想回到你的船员身边吗?"

我不耐烦地说:"我哪有什么船员。"

它从突发新闻里找出一张图片发我,是"奥克斯守护组织"的一张团体照。每个人都穿着灰色的制服微笑着,是签订合约时拍的一张团体照。它说:**"他们不就是你的船员吗?"**

我不知道该怎么回答。

我花了几千个小时去观看和欣赏娱乐节目,对节目上那些虚构的人类团队充满了好感。结果在现实中,我遇到了一个真正的人类团队,我也同样喜欢他们。然后就来了一帮人想杀他们。在保护他们的同时,我不得不告诉他们我入侵了自己的调控中枢,所以之后我选择离开他们(没错,我知道故事要比我讲的更复杂)。

我试着想了想就算可以自保，我也不愿意改变我自己内部构造的原因。也许是因为这种事通常都发生在性爱机器人身上，而我作为一个杀手机器人，应该不能像它们一样没有底线？

我也不想变得更像人类，何况我现在已经够像人类了。就算我穿着盔甲，只要"奥克斯守护组织"的那些雇主见过我人类的脸，他们还是会把我当作人类一样来对待。例如让我坐在"跳跃号"的船员区里，带我去参加他们的策略会议，还会跟我聊天——聊我的感受。这真的让我受不了。

不过我现在没有盔甲可穿了。我的外表、我假扮成强化人类蒙混过关的能力都必须成为我的新盔甲。如果我不能瞒过对护卫战士十分熟悉的人类的眼睛，那不管做什么都无济于事。

但想来想去又觉得没意义，我又感到一阵"我不在乎"的情绪涌了上来。我到底为什么要在乎啊？我喜欢人类，是喜欢我在娱乐节目上看到的那些人类，喜欢那些不能和我真实互动的人类。因为这样才安全。我安全，他们也安全。

如果我回到"奥克斯守护组织"，回到曼莎博士和其他人身边，她也许能保证我的安全，但我真的能保证她不受我的伤害吗？

对于我来说，改变身体构造似乎是非常极端的做法，但入侵调控中枢和离开曼莎博士也同样是极端做法。

阿特用近乎哀怨的口吻说："我不明白为什么这个选择对你来说这么艰难。"

我也不明白，不过我也不打算把我的想法告诉它。

我花了两个周期来考虑这件事。我没有对阿特说过我的想法，也没谈过别的事，虽然我们还是在一起看娱乐节目。这期间，它还锻炼出了一种不曾表现出来的自我约束力，尽量没有和我发生争执。

我知道我能走到现在完全是靠运气。我照着录像对比了自己和普通人类或强化人类的行为，想找出哪些动作可能会暴露我护卫战士的身份。最容易纠正的行为是一些不安分的小动作。通常人类和强化人类在站立的时候会转移重心，会对突然的声音和强光做出反应，会抓痒，会将头发，会在口袋和包里翻找自己放进去的东西。

护卫战士则纹丝不动。我们的默认做法是笔直地站着，眼睛盯着我们要保护的东西。有一部分原因是我们的无机部位不像有机部位一样需要动来动去，但主要还是因为我们并不想引起别人的注意。在人类看来，任何不寻常的举动都是你出故障的表现，还会招来他们更仔细的检查。如果你不幸签了一份糟糕透顶的合约，那看到你行为异常的人类就可能会利用中心系统控制你的调控中枢，以便让你强制瘫痪。

分析了人类的行为举止之后，我为自己写了一些代码，好让我在站着不动的时候能周期性地做一些随机动作，也能控制呼吸随着空气质量的变化而发生改变。我还调整了我的走路速度，确保会对外部刺激做出身体反应，不仅仅只是扫描和记录。就是这行代码帮我顺利通过了第二个中转环。如果我到了一个人们能经常见到护卫战士的地方，或是有许多时常与护卫战士共事的人类的中转环或者设施里，我还能蒙混过关吗？

我稍微修改了一下代码，并让阿特录下我再一次穿过走廊和舱室的样子。我尽量让自己表现得更像人类。我早已经习惯了在人类身边那种浑身不自在的感觉，现在我想象着这种感觉，并且试着用我的肢体动作把它表现出来。我对这次实验的结果很有信心，直到我看了那些录像，又拿阿特录下的船员的样子，以及我录下的其他护卫战士的样子做了对比。

我煞费苦心做的这些事纯粹就是掩耳盗铃。

动作的变化确实让我看起来更像人类了，但我的身体比例还是和其他护卫战士完全一致。对于那些没有刻意在找我的人来说，我这副样子足够骗过他们的眼睛了。因为在行人来去匆匆的公共场所里，人类往往会忽视不合规范的行为。但要是碰上专程来找我的人，拿着与我有关的资料，手里也有一个校准过的可以用来扫描护卫战士高度和重量的简单扫描器，那么我肯定会被找出来。

接受改造是合乎逻辑的选择，但我还是宁愿脱层皮，也不愿意接受改造。

可我别无选择。

经过一番争论，我们决定采取一个最简单且效果最好的改造方案，就是在我腿上和胳膊上各截去两厘米。听起来并不算是很大的改动，但这意味着我的身体比例不再同其他护卫战士一样了，我的走路姿势和移动方式也会随之改变。这一变动很合理，我也能欣然接受。

然后阿特告诉我，我们还需要改变控制我身体有机部位的代码，这样它们才能长出毛发来。

对于这个提议，我的第一反应是打死也不可能。我有头发，也有眉毛，这部分构造是护卫战士和性爱机器人所共有的。虽然控制毛发生长的代码会让护卫战士的头发保持在一个比较短的状态，免得它妨碍到穿戴盔甲。当初创造合成体时，公司就希望我们长得像人类，以免我们的外表让雇主觉得不舒服（其实我很想告诉公司，在人类看来，护卫战士都是一群可怕的杀戮机器。事实上，无论我们长什么样，都会给人类带来恐惧，不过没人听我的）。但我其他地方的皮肤都是没有毛发的。

我告诉阿特我喜欢现在这个样子，多余的毛发只会引起不必要的注意。它告诉我说，它指的是人类皮肤的某些部位上会长的那种细小稀疏的绒毛。阿特做了一些分析，得到了一份清单，那上面列出了人类可能会在潜意识中注意到的一些生物特征。在那份清单中，毛发是唯一一种我们可以通过改变我的基本代码来使之生长的东西，阿特还提出它可以帮我把我胳膊、腿、胸口和背部的那些无机部位和有机部位之间的关节改造得更像强化物，就是人类为了医疗或者其他目的会在自己身体上安装的那种无机部位。这里，我指出一个问题，很多人类和强化人类都移除了自己身体上的毛发，不管是因为爱干净还是爱美，再说也没人喜欢身上长毛。阿特反驳说，那是因为人类不用担心被识破护卫战士的身份，所以他们怎么折腾自己的身体都行。

　　我还想跟它争辩，因为我现在不想赞同阿特说的任何话。但与从我胳膊和腿上截去两厘米的金属骨骼合成体，再改写我的代码让我的有机部位可以继续围绕新骨骼生长相比，这些都是鸡毛蒜皮的小事。

　　阿特还有一些更激进的替代方案，比如给我安装与性相关的部位，我告诉它这绝对不可能。我没有任何与性相关的部位，我觉得这样非常好。我以前在娱乐节目上看过人类做爱，在执行合约的时候也见过，因为我当时被要求记录雇主说过和做过的所有事。所以千万别，心意我领了，但是这个方案绝对不行。坚决不要！

　　不过我确实拜托它帮我改造了一下后颈上的数据端口。那儿非常脆弱，我不想错过这个能消除弱点的机会。

　　等我们就手术流程达成一致后，我来到了医疗套间门口。刚刚消过毒的医疗系统已经做好了手术准备，空气中弥漫着浓烈的抗菌剂气味，我忍不住想起了每次我把受伤的雇主送进这种医疗套间里的情景。我脑海中不禁浮现出手术失败的种种可能，以及如果阿特真想对我不利的话，它会对我做出的一些可怕的事情。

阿特说："你为什么还拖着不进去呢？是不是还有什么预备程序要率先完成？"

我没有信任它的理由。虽然它一直想看有关人类和飞船的娱乐节目，每当剧里的暴力显得过于真实的时候，它都会感同身受地难过起来。

我叹了口气，脱掉了衣服，躺在了手术台上。

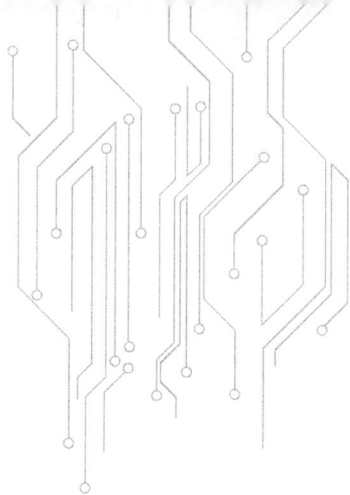

第四章

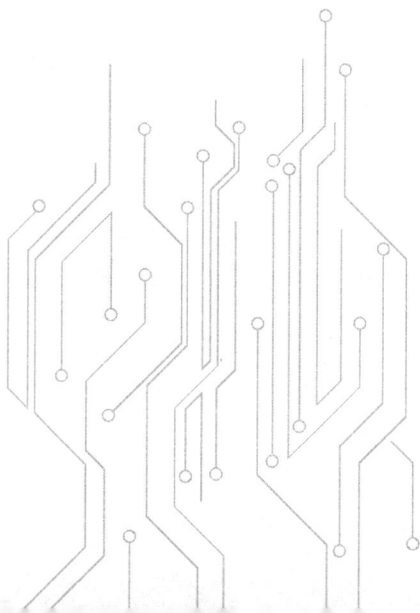

//////////

我重新上线后，发现我的性能只剩 26%，不过这个比例还在缓慢上升中。疼痛环绕在我的膝盖和手肘处，疼得我根本无法忽视它。我身上有机部位在发痒，机液在往外漏。我不喜欢这样。

我的这点儿性能还不能访问或播放任何媒体文件，眼下只能躺在那里等待着我的疼痛水平慢慢调整过来。任何动作都能够刺激到伤口，引发疼痛。我真希望在一开始就执行第十六号计划，可以让这艘船陷入瘫痪，这是在统计学上最有可能成功的计划，如果它报复回来，我也不会遭受致命打击。现在看来，炸掉这艘船的第二号计划也挺吸引人的。我怎么会这么蠢，居然同意做手术！

这种感觉就像我被枪打成筛子之后躺在修复舱里一样，但这里又没有修复舱，所以没办法先关掉我系统里更高级的功能，等到修复完成之后再开启。我走进手术室之前就已经知道，

这里的医疗系统无法调整我的疼痛水平，只是我没想到居然会
疼得这么厉害。我也不能调整自己的体温，不过我并不冷，因
为医疗系统控制着室温和手术台，让它们保持在一个让我感觉
比较舒服的温度。修复舱就做不到这一点，我得承认这还是不
错的。

　　渐渐地，我的疼痛水平开始趋于稳定，我也恢复了一部分
功能来调低疼痛传感器并且关掉痒感了。不过，我不能完全消
除疼痛，得留下一部分提醒我自己，在我的有机组织再生完成
之前，有哪些地方是不能动的。

　　阿特在我的频道里晃来晃去，不过谢天谢地，它暂时还没
有跑过来跟我说话。等我的性能恢复到75%，我就想试着坐
起来。

　　医疗系统开始发出警告，阿特也说道："你现在急着动有什
么意思呢？手术期间，我在公共信息新闻资源库里，搜索了之
前提到过的那段时间里与采矿有关的异常死亡的新闻。你想看
看我根据调查得出的结论吗？"

　　我又躺了下来，感觉到有机部位粘在温暖的手术台上——
我身上又有另一个地方开始漏机液了。我告诉阿特，我知道怎
么看搜索结果。

"我尊重你在射击和杀戮方面的专长，那么你也应该尊重我在数据分析方面的专长。"

我对它说好吧，随便吧。我不觉得它会找到什么有用的信息。

它把得出的结论发到了频道里。不可否认的是，异常情况下的大规模死亡事件最终都会以某种公共记录的形式出现在多个新闻源中，这也算合情合理，就像"德落"事件一样。拉维海洛事件可能被归类为意外事故了，但毕竟涉及公司债券问题，肯定会打一场官司。不过，如果数据告诉我是一个反叛的护卫战士杀死了所有人，那跟我手上有的信息也差不了多少。

"据几个归档新闻源的记录显示，事发地点很可能是一个叫作'加纳卡矿洞'的小型采矿设施。这些信息来源于卡利顿，它是一个政治实体，位于公司边缘地带，由公司资助的加纳卡矿洞的基地就建在那里。总共有 57 人在事故中身亡，原因被列为'设备故障'。"

护卫战士在库存中确实被归类为设备。

阿特等了一会儿，见我什么也没说，就补充道："所以你最初的假设是正确的，那件事确实发生了。现在可以开始调查了。"

我想关机，但又怕会影响身体愈合的过程。

阿特问道："你想看剧吗？"

我没回答，它自顾自地打开了一集《圣殿月亮的升与落》。

等到我终于可以从手术台上爬下来时，我一下子就跌在了甲板上，但等到周期结束的时候，我已经差不多恢复正常了。痊愈后，我所做的第一件事就是去医疗系统旁边的隔间，用洗浴设施洗掉我身上的血液和其他乱七八糟的液体。其实，安保预备室里有供护卫战士在打斗或修复后，用来清洗血迹和机液的设施，不过我还从来没用过专供人类使用的清洁设施。阿特船上的浴室真不错，喷头里流出的可循环利用清洗液看起来与清水没什么区别，除非进行化学分析，否则很难分辨出两者的区别。你还可以调节水温，让水更暖和一些，而且这水闻起来也清香扑鼻。洗完澡后，我身上的味道简直就像个干净清爽的人类，这未免也太奇怪了。

身上不同地方开始长出一片片的绒毛后，我还不太习惯，不过这感觉并不像我想象的那么烦人，就是当下一次我不得不穿人类服装的时候可能会不太方便。不过有绒毛的人类似乎都能应付得来，也极少抱怨，所以我觉得我应该也能行。代码的改变让我的眉毛变粗了，头顶的头发也长了几厘米。我能感觉到真的有些奇怪。

我去了阿特的娱乐室，用跑步机和其他健身设备测试了一下自己，确认了我的武器依旧正常工作，准心也没有偏移（我并没有试射武器，因为阿特告诉我，如果我发射武器的话就会触发船上的消防系统）。

我对着镜子里的自己看了很久。

我告诉自己，我看起来还是很像一个没穿盔甲、暴露无遗的护卫战士。但事实上，我更像人类了。现在我明白我为什么会那么抗拒改造了。

因为改造后的我更难以假装我自己不是一个人类，而是一个护卫战士了。

我们按照时刻表离开了虫洞，到达了一个新的中转环。阿特扩大了它的信息接收范围，帮我拿到了目的地的信息包，里面包含了一张更加详细的拉维海洛地图。就算是不断旋转地图、从各个角度去看它，也没有唤起我的记忆碎片。奇怪的是，地图上并没有标注出加纳卡矿洞这个地方。

我感觉到阿特又一次跑到我的频道里，越过我虚拟的肩膀偷偷看地图。我检查了一下时间戳，发现自从我那起事件发生之后，地图已经更新了很多次。我说："他们把那个地方从地图上拿掉了。"

"这种事经常发生吗？"阿特问。一般来说，它处理的都是星际地图，如果有什么东西被从星际地图上刻意去掉了，那可就是大事件了。

"我也不知道算不算经常发生，不过也说得通。因为公司或者雇主可能会刻意隐瞒发生过的事。"如果公司还想继续把护卫战士卖给其他调查团队或采矿小组的话，那隐瞒事实，或者至少是模糊事实，不让别人知道发生了意外死亡事件就显得格外重要了。说不定官司根本没有打起来，雇主就以在公开记录中最大限度地隐瞒事故细节为条件，同公司迅速达成和解，被钱收买了。这不像"灰泣"和"德落"的事故情况，因为这次有多方势力参与，新闻频道里到处都是各个公司的谈判交锋，所以公司也只能想办法卖惨博同情了。

阿特找来了更多的历史信息。拉维海洛内部不同区域采矿权分别授予了几家公司，这颗卫星则由这些公司共同持有。在过去两个星系年里，一家名为乌姆罗的公司收购了部分债权。不过还有很多最初的公司依旧以承包商的身份继续运营。这些名字我听起来都不怎么耳熟。

我得先弄清楚这个加纳卡矿洞在哪里，然后才能到那儿去。

我之前肯定是被当成货物运过去的，不管有没有被清除过记忆，我都已经想不起什么了。

我开始搜索信息包剩余的部分，想找找看有没有时刻表。我必须搭一趟穿梭飞船才能从中转环到拉维海洛港口。这可就棘手了。不过话说回来，整件事都非常棘手。飞船时刻表上的信息显示，只有持有雇佣凭证或采矿设施与后勤服务部门颁发的通行证才能登上穿梭飞船。这里不存在什么旅游观光，也没有这颗卫星上的公司或者承包商给出的正式授权，任何人都不能进出。既然我不是人类，也没有雇佣凭证，我就只能黑进一艘运送补给品的飞船试试了……

阿特还在从交通站频道里获取数据信息。"我有个建议。"它对我说，然后向我展示了一系列个人发布的广告。我在"自由贸易港"和上一个中转环的频道里都见过这些广告，不过并没怎么留意。阿特突出放大了这则招聘信息——一个技术专家小组手上有一份有限合约，正在寻找临时安保人员。

"什么意思？"我问阿特。我不明白它为什么要给我看这个。

"如果这个小组雇用了你，那你就可以拿到一张去往采矿设施的雇佣凭证了。"

"雇我？你是不是脑子出问题了？"我执行过的合约比我能记起的还要多（字面意思。有很多合约都是在记忆清除之前完成的），但从来没有哪个是我自愿去的。都是公司把我从库存里面取出来，拿给雇主看一眼，然后再把我打包塞进货舱里。

"我的船员们每趟航程都会聘请顾问，"见我还没有称赞它的妙计，它开始不耐烦起来，**"程序也很简单。"**

"对人类和强化人类来说当然很简单了。"我确实是在故意拖延。我最终还是必须装成一个强化人类与真实人类互动。我也知道这就是我接受内部结构改造的目的，但在我的想象中，我只会在距离稍远，或是在中转环那种拥挤的空间里发生和人类的互动。互动就意味着交谈和眼神接触，我已经可以感觉到我的表演能力在稳步下降了。

"真的很简单，"阿特坚持说，**"更别说还有我帮你。"**

好吧，一艘巨型飞船的主控电脑要帮一个人机混合的护卫战士假扮成人类。这还能出什么问题呢？

阿特停靠在了码头边，中转环的电脑驾驶着拖船开始卸下货物。阿特为我打开了气闸锁，让我溜进了登船区，还给了我访问它通信频道的权限，这样它就可以跟着我的频道一起穿过中转环。它说它可以帮我，虽然我不信，但至少有个伴儿。当我走出飞船锁后面的安全区域时，我的性能下降到了96%。于是我点开了这个交通站的娱乐频道，想找点儿新内容下载，这样我才能平复心绪。

我已经在社交频道上给那个招聘方发了一条信息，并收到了一条附有位置和时间戳的回复。上一次我跟人类进行提前安排好的会面时，对方绑架了曼莎博士，还把我炸飞了。所以这次的情况应该不会更糟了。

我靠入侵系统顺利通过了登船区的安检，进入了中转环的商场里。和上一个中转环"自由贸易港"相比，这里的商场显得实用很多。没有花园吊舱，没有全息雕塑，没有一连串的大型全息显示屏广告用来推销造船厂、货运商以及其他生意，也没有闪闪发亮的全新界面自动售货机和大型客运飞船经过，所以人类和机器人都算不上拥挤。阿特的主意显得越来越有必要了。如果每个人都专心致志地往返在这颗卫星的几个采矿设施之间，那么我想在这里混入人群中就是难上加难。阿特在我的频道里说："我都告诉过你了。"

会面地点定在商场主区域的一个餐饮服务场所。它位于商场二楼一个巨大的透明泡泡里，刚好能够俯瞰下面的走道和柜台。场所里有多个开放的就餐楼层，摆着桌椅，人类和强化人类的上座率大概是40%。这一路走来，我时不时会听到无人机的嗡嗡声，但并没有收到它们的嘀声警告。空气中弥漫着食物的香气和酒类饮料的刺鼻气味，我没有想去分析这些味道。因为我紧张得要命，只能尽量把注意力集中在装得像个强化人类上。

招聘方给我发了一张照片，方便我找到她们。她们有三个人，全都穿着不同的工作服，也没有统一的标志。我在这个中转环的社交频道里简单搜索了一下，找到了与她们几个人有关的条目资料。资料里列明她们是独立的客籍务工人员，但这上面你随便怎么写都行，又没有身份检查的环节。其中有两位女性，还有一位"塔塞拉"，这是由一群非联合政治体组成的"迪瓦拉提团体"所使用的性别指代词。

为了顺利发起会话，我也必须在社交频道上编写一个条目。这个系统在面对黑客入侵的时候完全没有招架之力，所以我在我的条目里填写了一个更早的到达时间，让我看起来就像是坐着更早一班客运飞船来的一样，又把我的职业写成了"安保顾问"，至于我的性别就模糊处理了。阿特假装成它自己的船长，给我签发了一张工作经历证明。

　　我在能够俯瞰整个商场的那个泡泡旁边看到了她们。她们正在紧张地低声交谈着，肢体语言都能显示出这几个人的心绪不宁。我一边朝她们走过去，一边启动了快速扫描功能，结果显示她们身上没有装备明显的武器，只有界面接入器的小型电源。其中一个人安装了植入物，但那只是个级别很低的信息访问工具。

　　在来这个中转环的路上，我就已经和阿特练习过了这一部分，还录了下来，这样我们两个就都可以评判我的表现。我告诉自己一定能行，接着换上一副在我看来最值得信赖的中立表情，就是当我被监测到进行额外的下载，部署中心主任却让人类技术人员背黑锅的时候露出的那副表情。我走到桌边说："你们好。"

　　她们三个人都被吓了一跳，那位塔塞拉说："啊，你好。"塔 [1] 是第一个从惊讶中缓过神来的。

　　我接入了安全摄像头的频道，这样我就可以随时监视自己，确保能随时掌控自己的面部表情。通过摄像头来观察人类的话，我和他们之间的交流也会更容易一些。我很清楚无法摆脱现在

---

[1] 塔："塔塞拉"这种性别简称"塔"，相当于称"他"或"她"。

的情况，但我真的很想逃避现实。酝酿了一会儿，我开口说道："我们约好了在这儿见面。我是伊甸，职业是安保顾问。"好吧，没错，这个名字是《圣殿月亮的升与落》里面一个角色的名字。所以你可能并不惊讶。

那位塔塞拉清了清嗓子。塔有着紫色的头发和红色的眉毛，在浅棕肤色的映衬下显得格外突出。"我叫拉米，这位是达潘，还有玛罗。"塔紧张地挪动了一下身体，拍了拍旁边空着的椅子。

阿特在数据检索方面要比我快得多，它进行了一次快速搜索，告诉我经过多个人类文化索引的交叉对比，结果显示这是在邀请我坐下。我坐下的时候，它还给我发来了这个手势的词源学探究。你可能以为在这种情况下，对一个曾经多次被打成筛子、被炸碎、被清除记忆，还有一次被意外拆除了部分肢体的护卫战士来说，根本不可能产生恐慌的情绪。那你就想错了。

拉米补充道："呃，我不知道该从哪儿说起。"达潘用胳膊肘轻轻戳了塔一下，显然是在表达精神上的支持。达潘头上绑着各种颜色的发辫，耳朵上夹着一个蓝宝石色调的界面接入器，肤色比拉米略深。玛罗的肤色很深，有一头银色的小卷毛，人长得很漂亮，都可以去娱乐频道上当明星了。我不擅长估计人类的年龄，因为这不是我关心的事情。再者，我与人类交往的大部分经验仅限于在娱乐频道上看他们演的节目，而且节目里的人类和现实中的人类又完全不同（这也是我不喜欢现实的众多原因之一）。我觉得这三人可能都挺年轻的，也许才脱离青春期不久。

她们盯着我看，我突然意识到我得出言替她们解围，于是我小心翼翼地说："你们不是想请个安保顾问吗？"这是她们在社交频道里发布的招聘信息。从类似请求的数量上来看，个人或团体在去拉维海洛之前聘请私人保安是很常见的事。我猜如果有人没钱找真正的安保专家的话，请个人类保安也是没问题的。

拉米似乎松了口气说："是的，我们确实需要一个安保顾问。"

玛罗环顾了一下四周，说："这个地方不太适合谈话，我们能去别的地方商讨吗？"

到这儿来就已经够让我紧张的了，现在哪里还想再去别的地方。我快速扫描了一下无人机，然后在餐馆与中转环安全系统之间制造了一个小故障。我控制了摄像机，并且告诉了阿特我想让它做什么后，阿特就接手了摄像机，把我从系统录像中剪掉了，然后又从系统里移除了监控这张桌子的摄像头。紧接着，我解除了餐馆与中转环安保主系统之间的故障。这样一来，我们在这里谈话的短时间内，安全系统就不会注意到有个摄像头的频道断开了。我说道："没问题了。现在我们没有被录像了。"

闻言，她们都瞪着我。拉米说："但是安全系统——你是不是做了什么？"

"我是个安保顾问。"我重复道。

我的恐慌水平开始降低了，主要还是因为她们三个人过于紧张了。人类见到我之所以会紧张，是因为我是一个令人闻风丧胆的杀手机器人；我见到人类之所以会紧张，是因为他们就是人类。但我知道，即使是在非战斗和非对抗的情况下，人类也会提心吊胆地提防彼此，现实就是如此，可不只是故事里会这样演绎。在我眼前似乎正在发生这种情况，不过我能假装这就是一桩再普通不过的生意，只不过太阳打西边出来了，雇主也会向我询问关于安保的建议。

作为一个护卫战士，我的部分职责就是随时为雇主答疑解难、提出建议，因为理论上我就是那个掌握全部安保信息的人。

但这也不代表很多人类雇主会真的向我提问，当然也没人肯听我的意见。我绝对不是在大倒苦水。

达潘看起来非常震惊，说："所以你是'剪接人'吗？"她拍了拍后颈，指着我数据端口的位置，"你安装了强化装置？你在频道里有额外的访问权限？"

"剪接人"是个用来称呼强化人类的非正式术语，我在娱乐频道上听到过这种说法。"没错，"然后我又加了一句，"我在其他地方也有访问权限。"

拉米抬了抬眉毛以示理解。玛罗看起来也十分惊讶，说："我不知道我们能不能支付——我是说我们的信用账户——如果我们能把数据拿回来，那么——"

拉米接上了她的话，说："那么我们就有足够的钱来付给你工资了。"

阿特显然已经沉迷于这幕找工作的戏，它都开始在公共频道上搜索私人安保顾问的薪酬标准了。我时刻提醒自己，我现在不是一个护卫战士，所以就算问她们问题也不会显得很逾矩。我决定从基本情况开始问起："你们为什么想雇我？"

拉米看了一眼另外两个人，得到了她们的同意后，清了清嗓子说："我们本来在拉维海洛星上为特蕾西挖掘公司工作，这个公司是乌姆罗一个规模比较小的承包商。我们从事的是矿产研究和技术开发。"塔解释说她们是一群技术人员，总共七个人加上家属，完成一份合约后就奔赴下一份合约。其他人都在一间酒店套房里等着，而拉米、玛罗和达潘三人则代表她们这个团体外出走动。听说她们在矿上的工作只集中在技术和研究方面后，我忍不住松了口气。在我经历过的那些采矿合约中，技术员一般都待在远离矿洞的办公室，我根本就见不到他们，除非他们喝醉了大打出手，不过这种情况极为少见。

"特蕾西给出的条件很好，"达潘补充说道，"但也许好过头了，如果你明白我的意思的话。"

阿特快速搜索了一下，告诉我说这是一种修辞手法。我告诉它我懂什么叫修辞。

拉米接着说："我们接受了合约，因为这能让我们有足够的时间来做自己的研究。我们想研发出一种全新的检测系统来检测奇怪的合成物。拉维海洛有很多已经经过确认的矿床，所以是个做研究的好地方。"塔所说的"奇怪的合成物"指的是外星文明遗留下来的一些基本物质。在矿业上，如何区分外星文明遗迹和先前未被确认的自然元素一直是个难题。就像我上一份合约里"灰泣"组织发现的外星入侵（也有可能是外星文明）

遗迹一样，对这种遗迹的商业开发是有限制的。我知道的就只有这么多了，因为每一份涉及外星物质的工作，我的任务只是站在旁边保护那些专心搞研究的人而已（阿特想向我解释，但我让它留着话等会儿再说，我现在不能分心）。

塔接着说道："我们本来进展很不错，但是突然间我们小组连通知都没得到就被终止了项目，他们还拿走了我们的数据——"

达潘挥了挥手打断了塔的话，继续说道："我们所有工作成果都被夺走了！这跟我们签过的合约根本没有半毛钱关系——"

玛罗接过达潘的话说："简单来说，就是特蕾西偷走了我们的研究成果，还删除了我们设备上的最新版本。虽然我们有旧版本的拷贝，但我们近期的所有工作也都付诸东流了。"

拉米补充说："我们向乌姆罗投诉了特蕾西的偷盗行为，但处理起来仿佛要几辈子的时间那么长，而且我们也不知道最后到底能不能有个结果。"

我说："听起来，这种事你们应该找律师才对。"这也算不上是什么稀罕事情。公司也会挖掘数据，不过他们不会直接从原创者的设备上删除作品，这种方式既笨拙又容易露出马脚。如果公司真这样做了，那么这些人也就不会当回头客，甚至签订更多的债券担保协议，公司也就没办法再接触到他们下一步准备研究的东西了。

"我们想过找律师，"拉米说，"不过我们不属于工会，所以律师费会很高。但是昨天特蕾西公司终于答复了我们，还说只要我们退还签约金就可以拿回文件。我们必须去拉维海洛才能办成这件事情。"塔坐回椅子上，"这就是我们想要雇你做安保顾问的原因。"

这可就有点儿意思了，我说："你们不相信特蕾西。"

"我们只是希望能有个人站在我们这边。"达潘澄清道。

"你说得对，我们确实不信任特蕾西，"玛罗反驳道，"一丁点儿信任都没有。我们希望能有安保人员陪我们一起过去，免得事情……出什么意外。特蕾西本人应该会和我们见面，她有一票随行保镖，但除了在乌姆罗的公共区域和港口安插的安保人员之外，那边就没有什么其他的安全措施了。其实现有的安保人员也并不算多。"

我不知道她说的"意外"究竟是什么意思，但是我能想象到，在那种状况下发生的事情一般都不是什么好事。

公司会提供护卫战士作为安保人员，这样雇主们就不需要雇用人类保镖。从我以前看过的连续剧里的剧情套路来看，就算我不全心全意地做我的工作，也还是比人类保镖尽力去做要出色得多。

我仍然在用安全摄像头观察我们几个人，没有开启录像功能。我能看到我自己的脸上露出了怀疑的表情，但在这种情况下，这种行为也是有必要的。我说："你们可以通过一个保密的通信频道和特蕾西进行会议谈判。公司也对资金与数据的传输做担保。"

玛罗脸上露出了更加怀疑和纠结的表情，说道："没错，但是特蕾西想要跟我们面对面谈。"

拉米承认道："我们也知道当面谈听起来并不是什么好主意。"

要是你们想被谋杀的话，这就是个再好不过的主意了。我本来期望的是能找到一份更轻松的工作，像快递小哥一样把她们送过去就回来，或者跟这种差不多的工作也行。但这次的工作是要保护下定决心准备去送死的人类，也正是我当初被设计出来所要承担的职责，也是我一直在做的工作。虽然我入侵了自己的调控中枢，但我依旧在做这种工作。合约规定我必须保护人类团体，所以我也已经习惯了做一些有用的事情，照顾一些需要帮助的人。只要我够幸运，他们就会把我当成一个好用的工具，而不是一个玩具。

在"奥克斯守护组织"的事情之后，我突然意识到，如果我真正变成我要保护的这个人类团体中的一员，那么我的工作职责将会变得天差地别。这就是我会跑到这里来的主要原因。

我准备通过提问的方式把我的意思表达出来。如果想让人类明白自己是在做蠢事，那么假装询问更多的信息，从而让人类再次思考，才是最佳方式。"那么你们觉得，特蕾西提出当面交接是不是还有别的原因，除了……她想杀你们之外？"

达潘脸上露出为难的表情，就好像她已经意识到了这一点，却尽量不往那方面去想。玛罗敲了敲桌子，指着我，这让我有点儿惊慌。直到阿特确认这个手势表达的是强烈同意，我才放松下来。拉米猛地吸了口气，"我们觉得……我们的研究还没做完，进度也被迫暂停，但我们真的对这项研究抱有很高的热情。我们认为，他们肯定是在使用安全频道的时候偷听到了我们的对话，而且认为我们的研究进展要比实际情况更快。所以我也不知道他们能不能自己完成剩下的研究。说不定他们发现，如果不靠我们把研究做完的话，他们偷走的那些数据文件也没有什么价值了。"

"也许特蕾西找我们回去，是为了让我们再次为她工作。"达潘满怀希望地说。

可能吧，然后她就会把你们全杀了。我只是想想，并没有说出口。

玛罗对此嗤之以鼻，说："我宁愿住在交通站商场的一个盒子里面，也不愿意再回去为她工作卖命了。"

一旦她们开始讨论这种可能性，就很难阻止她们继续这个话题了。这个小团体在应该怎么做的问题上产生了极大的分歧，这显然对她们所有人来说都非常痛苦，因为她们早就习惯了事事都能达成一致意见。玛罗说达潘太天真了，才会以为她说的那种可能性真的存在而且还值得一试；达潘说玛罗是个愤世嫉俗的苦修者，就喜欢反对一切乐趣和进步，现在又认为她们的工作成果已经打水漂了，还不如及时止损；拉米还没有拿定主意，不过她似乎并没有被小团体内的分歧所动摇。这也就是为什么在这个问题期间，塔被选为了她们小团体的领袖。塔愿意承担责任并放手一试。

最后，拉米总结道："所以这就是我们想要雇你的理由。我们认为最好是找一个安保人员和我们一起去，这样就能防止她的手下找我们麻烦，也能让她知道我们有后援撑腰。"

她们需要的是一家愿意为她们的会面和返程提供担保，并且派遣一个护卫战士同她们一起去，确保她们安全无虞的安保公司。但这样的安保公司通常都很贵，而且不会对这么小的一份工作感兴趣。

她们都忧心忡忡地看着我。我通过安保摄像头看过去，她们是如此青涩、稚嫩，留着五颜六色的蓬松头发，而且都很紧张，只不过不是因为害怕我。我说："我接受这份工作。"

拉米和达潘看上去都松了一口气，还是不怎么想去的玛罗也服从了决定，问道："我们该付你多少钱？"她不太确定地瞥了一眼其他人，"我的意思是看看我们能不能付得起。"

阿特已经准备好了一整沓电子表格，但我不想一开口就漫天要价，把她们吓跑就不好了。我说："在你们的项目被终止之前，特蕾西付你们多少薪资？"

拉米回答道："我们签的是有限合同，每位工作者每个周期的薪水是两百 CR。"

"你们就按这个给我吧。"这一趟行程听起来应该不会超过一个周期。

"只给一个周期的合同份额？真的吗？"拉米惊讶地问道。

她的反应说明我要得太少了，但现在再想改口已经来不及了。不过我确实需要给她们一个理由，来说明我为什么愿意以这么少的报酬接受她们的工作。我决定说出部分真相，在我看来这样会更好，"我需要去拉维海洛办事，所以需要一张去那儿的雇佣凭证。"

"为什么？"达潘问道，拉米用手肘碰了碰她以示警告，"我是说，虽然我知道我们没有权利过问，但是……"

没有权利过问？这话要是放在"奥克斯守护组织"之前，那可谓是破天荒头一遭。于是我又把一些真相脱口而出了，"我要去那里为另一位雇主做些研究。"

和阿特一样，她们明白做研究是什么概念，尤其是专利研究，所以她们也没有再往下追问我。拉米告诉我，她们计划在下一个周期内前往拉维海洛，还说塔会帮我提交一份私人雇佣凭证的申请。我跟她们商量好，在靠近穿梭飞船登船区入口的商场里见面，然后就离开了。我一走出监控区域，就恢复了那个安保摄像头的权限。

我回到了阿特船上，蜷缩在我最喜欢的椅子上，和阿特一起看剧度过了接下来的三个小时，我也逐渐冷静了下来。阿特监控着中转环上的警报频道，以免有人发现我的真实身份。但警报并没有响起。

"**我早就告诉过你了。**"阿特说。这是它第二次说这句话了。

我没理它。既然我没有被发现，那么是时候考虑计划剩下的部分该怎么进行了。现在，我的计划不光是调查采矿事故，还要确保我的新雇主们不要丢掉小命。

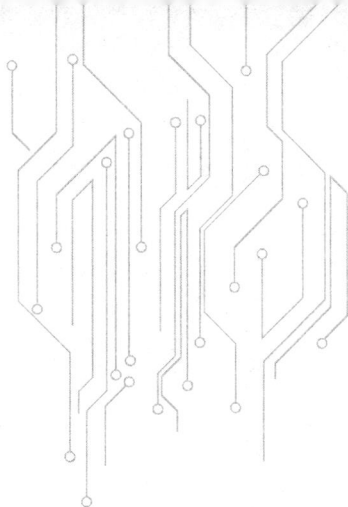

第五章

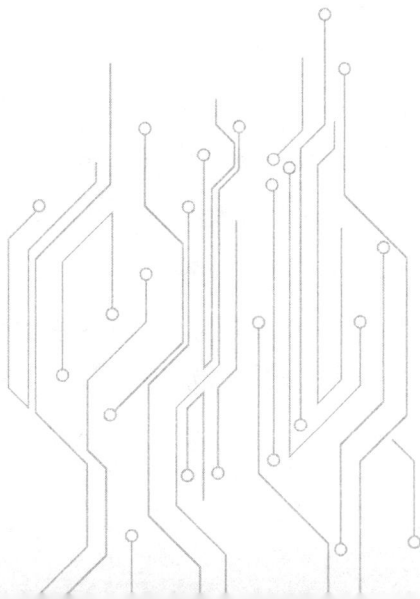

人工条件
ARTIFICIAL CONDITION

//////////

　　我在登船区见到了她们。我背着一个背包，这是我伪装成人类的道具，身上带着的唯一重要的东西是用来联系阿特的通信接入器。等我到了拉维海洛，可以通过它继续跟阿特交流，也能继续访问阿特的知识库，接收它那些数不清的意见。我早已经习惯中心系统和安全系统做我的后援，现在阿特取代了它们的位置（只不过阿特不会像它们一样时不时把我出卖给公司，更别说还会通过我的调控中枢向我施加惩罚。不过阿特那种什么事都要插一脚的自由态度，对我来说就已经算是惩罚了）。我把通信接入器嵌进了我肋骨下面一个内置隔间里。

　　我的三个雇主都在那里等我了，她们每人都带了一个小挎包或者小背包，毕竟如果一切顺利的话，她们只需要停留几个周期的时间。她们跟小团体里其他成员告别的时候，我就在一边等着。所有人看起来都很担心。社交频道上列明这个小团体是一个团体婚姻家庭，有五个不同年龄的孩子。等到其他人都走了，只剩拉米、玛罗和达潘的时候，我走上前去。

"特蕾西帮我们买了公共穿梭飞船的船票，"拉米对我说，"这应该是个好兆头，对吧？"

"当然了。"我嘴上这样说着，心里却不这么想。这可是个天大的噩耗啊！

雇佣凭证帮我顺利进入了登船区，这里也没有武器扫描仪。拉维海洛允许私人携带武器，公共区域也看不到有什么安保措施，这就是小团队的人需要先雇用私人安保顾问的原因之一。我们接近穿梭飞船的船闸时，我给阿特发了条消息："你能扫描一下这艘穿梭飞船，看看有没有中转环安保检测不到的异常能量活动吗？"

"我不能这么做，但我会告诉它我正在测试系统和运行扫描诊断程序。"

我们到达船闸时，阿特发来了报告说："没有异常，90%与工厂规格相符。"

这是正常情况，意味着就算有爆炸装置，它现在也没有被启动，只是深藏在飞船里的某个地方。另外五位客籍务工者也在等待登船，我的扫描结果显示他们身上没有能量信号。他们背着塞得鼓鼓的大包小包，表明他们做好了要去长期居住的准备。我让他们先上船，自己则走到玛罗前面，率先穿过飞船气闸，边往前走边扫描。

这艘穿梭飞船也是由电脑驾驶的，唯一一名机组人员是一个强化人类，待在这儿似乎只是为了检查雇佣凭证和飞船船票。她看了我一眼说道："你们不是应该只有三个人吗？"

我没有回答，因为我正在与安全系统争夺控制权。船上的安全系统和主控电脑系统是完全分开的，和我坐惯的穿梭飞船相比，这艘穿梭飞船可以说是相当不达标的。

达潘指了指我说："这位是我们的安保顾问。"

我已经控制了穿梭飞船的安全系统，并且在它提醒主控电脑和机组人员有入侵者之前，拦截了它的报信。

机组人员皱了皱眉，又检查了一下雇佣凭证，没有再找我们的麻烦。我们走进船舱，其他乘客都已经坐了下来。他们要么在放东西，要么在轻声交谈。我并没有排除他们作为潜在威胁的可能性，不过他们的行为举止正在逐渐降低我心中的警惕。

我的雇主们都找位置坐了下来，我也在拉米旁边坐下，给阿特发了条消息。阿特说："**我正在扫描是否有异常瞄准，目前情况稳定。**"

这意思是说，它并没有扫描到有人在下面那颗卫星上瞄准我们。如果这就是特蕾西的消灭计划，那肯定要等到我们出发了之后才会动手。要是有人从卫星表面朝中转环上开火，我敢肯定会出大问题，就算没有立即遭到中转环安保的暴力还击，也会面临严重的法律后果。我发消息告诉阿特："如果他们在半路上朝我们开火的话，那我们就只能坐着等死了。"

阿特没有回答，但我现在已经非常了解它了。我明白它沉默的背后肯定藏着些什么没说。"从示意图上可以看出来你没有武器系统，"至少阿特放在非加密频道里的那些示意图都显示它没有，"所以你到底有没有？"

阿特承认道：**"我有一个碎片偏转系统。"**

所谓的碎片偏转其实只有一个办法能做到。我从来没有登上过武装船舰，但我知道，它们所拥有的许可证和担保协议级别是完全不同的（如果它们中有谁不小心走火，击中了不该击中的东西，总有人得出面来赔偿损失吧）。我说："你有武器系统。"

阿特重复道：**"只有碎片偏转这一个用途。"**

我开始怀疑到底什么样的大学才能拥有阿特这样一艘船。

拉米充满担忧地望着我说："你还好吗？"

我点了点头，尽量让自己保持面无表情的样子。

达潘从拉米那边凑过来问我:"你在不在频道里?我找不到你。"

我告诉她:"为了确保一切正常,我正在和一个朋友用私人频道对话,它现在正在中转环上监控这艘穿梭飞船的状况。"

她们点了点头,靠坐在椅子上。

一阵战栗顺着甲板传来,穿梭飞船已经脱离了中转环,开始前进了。我试着跟主控电脑套近乎。它是一种功能有限的型号,程序的复杂程度甚至都比不上一艘标准飞船的主控电脑。我让穿梭飞船安全系统告诉它,我手上有中转环安保的授权,它就开开心心地跟我打了个招呼。那个机组人员和它一起坐在驾驶舱里,正在用她的频道处理管理员任务和阅读社交频道上下载的内容,但船上并没有人类驾驶员。

我向后靠在椅背上,放松下来。追剧对我来说还是很有诱惑力的,从我在频道里接收的那些回音来看,船上大部分人类也都在追剧。可我还是得继续监视主控电脑。虽然这样似乎有点儿过于小心了,但我被造出来就是为了操心安全问题的。

飞行24分47秒后,我们即将抵达目的地。就在这时,主控电脑突然尖叫一声,然后瘫痪了,因为大量杀手软件涌入了它的系统。穿梭飞船安全系统还没来得及反应过来,就已经被抹除了。我随即制造出一堵防火墙挡在我们俩面前，弹开了杀手软件。我看到它发出了"任务完成"这一信息，然后就启动了自毁程序。

这下惨了。"阿特！"我利用穿梭飞船安全系统取得了控制权，必须要在 7.2 秒内修正航向。那个机组人员被警报声吓了一跳，慌张地脱离了频道，惊恐地盯着面板，然后按下了紧急信标发送按钮。她不懂怎么开穿梭飞船。我虽然会开"跳跃号"和其他适用于在上层大气中行驶的飞行器，但公司从来没有给我安装过学习怎么开穿梭飞船和其他太空飞行器的教育模块。我催促了一下穿梭飞船安全系统，希望它能助我一臂之力，结果它除了启动船舱内所有警报之外，一点儿忙也没帮上。

"**让我进入你的大脑吧。**"阿特的语气就像我们在讨论接下来要看什么节目一样沉着冷静。

我还从来没有给过阿特进入我大脑的权限。我可以让它帮忙改造我的身体，但唯独进入大脑是绝对不行的。我们只剩 3 秒钟了，时间还在流逝，我的雇主和其他人类都还在这艘飞船上。最终我还是让它进来了。我感觉这个过程就像人类在书里描述的把头浸入水中那样，然后这种感觉突然消失了。阿特利用我和穿梭飞船安全系统之间的连接进入了飞船，占据了主控电脑被抹去后留下的空白。它行云流水般地进入了控制系统，修正了航线，调整了飞船的速度，然后接收陆地信号，引导着穿梭飞船靠近拉维海洛的主港口。那位机组人员好不容易才跟港务局打了一声招呼。虽说港务局能够上传紧急降落程序，但时间已经来不及了。现在不管他们做什么，都救不了我们。

拉米碰了碰我的胳膊，关切地问我："你没事吧？"

我闭上了双眼说："我没事。"然后又想起来人类在社交中并不喜欢被一句"没事"给打发了，我就抬手指了指警报，补充了一句，"我的耳朵对噪声太敏感了。"

拉米同情地点了点头，其他人也满脸担心。飞船上的乘客们还不知道出了事故，因为他们照样能从港口频道里看到我们的航线，上面依旧显示着我们会按时到达拉维海洛。

那位机组人员正和港务局的人沟通，尝试向他们解释船上发生的灾难性故障——主控电脑不见踪影，她也不知道为什么穿梭飞船仍然在正常行驶，没有撞上卫星表面。穿梭飞船安全系统竟然还试图分析阿特，结果差点儿害得它自己被删除了。我接管了安全系统，关掉了警报，并从它的记录数据中删掉了整趟航程。

警报停止了，飞船内顿时响起一阵如释重负的窃窃私语。

我向阿特提了个建议，让它给港务局发去了一个错误代码。港务局给了我们一个新的优先权，并把我们的降落地点从公共码头改到了紧急服务码头。既然杀手软件的目的摆明了是要在半路就截杀我们，那在我们预计降落的升降槽附近，有其他杀手埋伏的可能性就比较小了。但俗话说得好，小心驶得万年船。

频道里传来一张紧急服务码头的图片，图片显示它是在一个洞穴里面，四周围绕着几座碎片偏转网格的高塔（这才是真正的碎片偏转系统，跟阿特藏着掖着的轨道炮或者别的武器完全不一样）。层层叠叠的港口设施在黑暗中闪烁着灯光，我们转头向下朝港务局的信标开过去，小型穿梭飞船从我们旁边呼啸而过。

玛罗眯着眼睛看向我。当频道里传来降落地点变更的通知时，她就靠过来问我："你是不是知道发生了什么事？"

幸运的是，我还记得现在没有人会强迫我立即回答所有的问题。比起当一个护卫战士，这也算是当一个强化人类安保顾问的好处之一了。我悄悄地回答道："等我们下船之后再谈吧。"她们便不再追问了。

阿特帮我们降落在了港务局指定的槽位里。紧急技术人员赶来并连上他们的诊断设备，我们则径直离开，没有理会正在费力向紧急技术人员解释究竟发生什么的那位机组人员。阿特已经删除了它来过的所有痕迹，事了拂衣去。穿梭飞船安全系统仍然一头雾水，但至少它还好好的，不像那个可怜的飞船主控电脑。

紧急服务人员和机器人在这个小小的登船区里转来转去。在有人拦下我的雇主之前，我已经成功地领她们走到了通往主港口的封闭通道上。我提前从公共频道上下载了一张地图，现在正在测试这里的安全系统到底有多稳固。在通道上能够一览洞穴的全景，这里有多个升降槽与来来往往的穿梭飞船，最远处停放的是采矿设施会用到的大型搬运机器人。

这里的安保措施的疏密分布也没有规律，主要取决于你经过的地区的承包商疑心病有多重。这既是一个优势，也是一个颇有趣味的挑战。中转环的公共信息频道发出警告，说这里明显有很多人类都携带武器，但并没有设置安检站来进行扫描检查。

我们来到一处中央枢纽，这里有一个高高的透明穹顶，可以看见头顶上拱形的洞穴，以及在灯光的照耀下五颜六色的矿脉。我扫描了一下，确定这里没有设备在录像，于是就拦住了拉米。塔和其他两人都抬头看着我，我说："你们要去见的那个人刚刚差点儿杀了你们。"

拉米眨了眨眼，玛罗瞪大了眼睛，达潘深吸一口气，准备和我争辩。我赶在她之前说："穿梭飞船被杀手软件感染了，还摧毁了飞船的主控电脑。我和一个朋友取得了联系，它用我的频道下载了一个新的飞行模块。这就是我们没有坠机的唯一原因。"

一个飞行模块可以让穿梭飞船重新回到安全航线上，但它不够精密，应付不了降落时复杂的操作，更不可能做到像刚刚那样完美无缺。我只希望她们别注意到这一点。

达潘哑口无言，玛罗震惊地说："船上还有其他乘客和机组人员，他们是打算杀光所有人吗？"

我回答道："如果伤亡的人只有你们几个，那杀人动机就不言而喻了。"

我能看出她们都开始仔细思考这个问题了，说道："你们应该马上返回中转环。"我查了一下公共频道里的时刻表，11分钟之后就有一辆公共穿梭飞船要离开港口。只要我的雇主们动作够快，特蕾西就没有时间追踪到她们。

达潘和玛罗看着拉米。塔犹豫了一下说："我要留下来。你们两个回去吧。"

"不行！我们不会留下你一个人的。"玛罗立刻说道。

达潘补充道："无论发生什么，我们三个都要一起面对。"

拉米的脸难过得都快缩成一团了，但死亡的威胁并没有打垮她，反而是两位朋友的支持让她很难不动容。塔抑制住了想哭的冲动，用力点了点头，接着又看向我，坚定地说道："我们要留下来。"

我没有什么明显的反应，因为我已经习惯爱作死的雇主了，更何况我真的做了很多控制表情的训练。"你们不能再继续进行会面了。那艘穿梭飞船如今没有停在预定的降落槽，他们已经失去了你们的踪迹。这是你们的优势。"我说道。

"但是我们一定要去跟他们见面才行，"达潘抗议道，"否则我们的工作成果就拿不回来了。"

有时候，我面对雇主不理智的发言时，真的很想抓着肩膀把他们摇醒，不过我从来没有这么做过。"特蕾西根本就没打算把工作成果还给你们，只是想把你们引诱过来，再趁机杀了你们。"我说道。

"我知道，但是——"达潘依旧不依不饶。

"达潘，你就不能闭上嘴好好听他说话吗？"玛罗打断她的话，明显生气了。

拉米看起来心意已决，但还是问我："那我们该怎么办呢？"

严格来说，我并不是非得帮她们出主意不可。我现在都已经到了拉维海洛，也不需要她们了。我大可以把她们丢在人群中，让她们自己去面对那个凶残的前雇主。

但她们是我的雇主。即使在我入侵了自己的调控中枢之后，我也绝对不可能抛弃那些选择我的雇主，何况这还是我第一次以自由职业者的身份和她们达成协议，所以更没办法甩手就走。我只能在心里叹了口气，说："你们不能去特蕾西的地盘和她见面。得由你们来选定见面地点，掌握主动权。"

这也不算特别理想的办法，但目前只能这样了。

我的雇主们在港口中心区域选了一个餐饮服务点。它位于一个高高的平台上，桌椅都整齐地排列着，显示屏飘浮在空中，为各式各样的港口和承包商服务打广告，还显示着不同采矿设施的信息。这些显示屏也有摄像和录像的功能，所以有很多人都会在这里进行商务会谈。

拉米、达潘和玛罗选了一张桌子，从一个四处游逛的机器人那里点了饮料，三人都坐立不安，显得非常紧张。她们已经与特蕾西通过话了，现在正在等她派的代表过来。

这个公共区域的安全系统比穿梭飞船的安全系统要复杂一

些，不过也没差太多。我黑了进去，以便监控这里的紧急交通状况，并且能通过摄像机关注我们附近的区域。我对现在这个局面感到很自信。我站在离那张桌子三米远的地方，假装在看广告显示屏，实际上已经开始在公共频道里仔细检查找到的矿井地图了。这上面标注了很多已经废弃的矿洞，还有一些不知道通向何处的地铁入口。加纳卡矿洞一定就是其中之一。

阿特对我说道："这里肯定有可访问的信息档案库。加纳卡矿洞的存在不可能从中被删除，否则这么明显的信息缺失一定会被研究人员发现的。"

那就要看所谓研究是出于什么目的了。比如说，研究那些奇怪合成物的人肯定会关心它们是在哪里被发掘出来的，但不一定会关心是哪家公司发掘出来的，又或者这家公司是否还存在。不过无论是谁把地图上的加纳卡矿洞给删除了，他们都只是想在普通记者面前掩盖它的存在，不是想彻底从人们的记忆中抹去它。

阿特的数据是准确无误的，这颗卫星上还有其他护卫战士。地图上显示出五家债券担保公司的标志，这些公司都提供租赁护卫战士的服务。其中也包括我的老东家，位于仍在进行矿脉勘探的七大矿井处。他们肯定还在为他们自己偷盗索赔的行为进行辩护，也为矿工与其他雇员之间大打出手的情况提供债券担保。不过护卫战士不可能大摇大摆地穿过港口，只会作为非激活状态的货物待在运输箱或是修复舱里，所以我不用担心在港口是否会被发现了。

　　我改造过的内部结构可能会骗过人类和强化人类的眼睛，但骗不了护卫战士。如果它们看见我，一定会给它们的安全系统发送警报。因为它们没有选择。当然，它们也不需要什么选择。作为护卫战士，它们最清楚如果叛逃的话会有多危险。

　　就在这时，我感觉到有人在嘀我。

　　我告诉自己是我听错了，结果我又被嘀了一下。这可就大事不妙了。

　　不知道是谁在寻找护卫战士，而且还离得很近。它并没有直接给我发消息，如果我的调控中枢还管用的话，我就只能被迫回复它了。

　　有三个人接近了我雇主坐的桌子。拉米在塔的频道里低声说："那是特蕾西。我没想到她居然会亲自过来。"三人中有两人是健壮魁梧的男性，其中一个迈开了步伐走到桌子前。我能从玛罗脸上的表情看出来她之前见过这个人。男人走过来并不是为了打招呼，扫描显示他身上有武器。

　　我一个箭步拦在他和我雇主的中间，抬起一只手挡在他胸前，说："停下。"

　　在大多数合约中，这就是我被允许和人类接触的最大范围，除非他们要求进一步的身体接触。只要你做得像模像样，你就会惊讶于这个手势能起到多么大的作用。虽然通常情况下我都穿着盔甲，戴着不透明的头盔，而站在这里的我只穿着普通人类的衣服，露出跟人类一样的脸，气势也大不如前。不过说到底，他也不可能直接拿拳头来打我，而且他也还没有拔枪。

　　我完全可以像撕烂一张纸巾一样把他撕成两半。

　　他不知道我能做到什么程度，但他一定是从我脸上看出我一点儿也不怕他。我查看了一下安保摄像头，想看看我究竟是什么样子，结果发现我脸上的表情看起来挺无聊的。这也不稀奇，因为我在工作的时候几乎都是一副百无聊赖的样子，只不过那时我穿着盔甲，没人能看出来而已。

　　他明显重新鼓足了勇气，恶狠狠地问道："你是谁？"

　　我的雇主们把椅子往后一推，都站了起来。拉米说："这位是我们的安保顾问。"

　　他往后退了一步，不确定地瞥了另外两人一眼。除他以外的那位男性是个人类保镖，特蕾西则是一位女性强化人类。

　　我放下了胳膊，没有轻举妄动。我已经想出了能消灭他们三人的行动方案，不过那是最坏的打算，至少对于我来说是这样。人类可能会错过很多细微的线索，但我能用自己的双臂发射能量武器，这怎么看也该是个红色警告了。我恰好转移了周围人的注意力，能让我有空去扫描安保摄像头的频道，找出究竟是谁发消息嘀了我。

　　我用一个隧道入口附近公共区域里的摄像头拍到了一张照片。站在座位区域边缘的那个身影跟我预想中的并不符合，我不得不再看一遍，这才看明白。它没有穿盔甲，身体构造也不符合护卫战士的标准；它有很多头发，发丝是银色的，发梢染成了蓝色和紫色，像达潘一样向后梳去，编成了辫子，但它的发型样式比达潘的更复杂；它的面部特征也和我不一样，不过所有合成体的容貌都不一样，是由那些用来制造我们有机部位的克隆人类材料随机分配生成的；它的手臂光洁无毛，没有外露出金属，也没有开炮孔。

　　它不是一个护卫战士。

　　我看到的是一个性爱机器人。

　　"官方名称可不叫这个。"阿特说。

　　官方名称是"安抚配备"，不过大家都知道这是什么意思。

没有人类命令的话，性爱机器人是不能在人类专属区域内走动的，护卫战士也一样。肯定是有人派它到这儿来的。

阿特狠狠地捅了我一下，吓得我一抽。我猛地从频道中跳了出来，把刚刚的录像回放了一下，免得跟不上这边事情的进度。

特蕾西已经走到我们面前来了，说："你们到底为什么要找个安保顾问？"

拉米深吸了一口气。我临时创建了一个我和塔、达潘、玛罗之间的加密私人频道，然后敲了敲塔，说："不要回答这个问题，别提到她想在穿梭飞船上杀掉你们的事。有事说事就行了。"提醒她们完全是我的一时冲动。特蕾西会亲自前来，就是预料到了会有一场激烈的对峙，所以她才会带着武装保镖。但现在我们也有一个优势，那就是我们还没死，他们的计划被打乱了，所以我们有必要让他们继续手忙脚乱下去。

拉米呼出了那口气，敲了敲我的频道以示谢意，说："我们来这里是为了谈谈我们的文件。"

玛罗已经明白了我想做什么，于是她在频道里对拉米说："继续说，连坐下的机会都不要给他们。"

拉米的声音听起来更有自信了，继续说道："我们签订的雇佣合同里并没有允许你们删除我们的私人工作成果。但我们决定同意你们的提议，退还签约金，也请你们把文件还给我们。"

通过安保摄像头，我看到那个性爱机器人转过身，从正后方的隧道离开了公共区域。

特蕾西说："退还全部签约金？"她显然没有料到她们会同意这个提议。

玛罗倾身向前，说道："我们在乌姆罗那里开设了一个账户用来保管资金。只要你把文件还给我们，我们可以立刻给你转账。"

特蕾西下巴微动，在私人频道里说了些什么，然后两个保镖慢慢后退。特蕾西走到我雇主的桌子旁边，拉出一张椅子坐下。过了一会儿，拉米坐下了，达潘和玛罗也跟着坐了下来。

我维持一部分注意力集中在谈判上，然后又回到了公共频道里。我开始提取历史数据，想看看以前在发生采矿事故的那段时间里，这个卫星上有没有什么不正常的活动记录。

我的雇主在谈判，而我则忍受着趴在我肩膀上偷看的阿特，一边整理数据，一边盯着监控摄像头，忙得我头都大了。我注意到有两个潜在威胁进入了这个区域，是两个强化人类。附近的桌边也坐了三个潜在威胁（三人都对座位附近发生的这场冲突表现出了奇特的漠不关心)。

阿特又戳了我一下。

"我看见了!"我忍不住向它喊道。搜索结果列出了一系列在正确时间段里发布的通知。通知上的警告显示边远地区原材料和补给品货运路线会发生改变,这些变化将会造成客运地铁线路改道(这里的地铁指一个小规模的交通运输系统,通常在港口和服务中心之间环状运行,也有去往附近采矿设施的私人线路)。后面的通知里提到为了弥补地铁改道造成的损失,将会在附近修建一条全新的地铁线路。

没错,就是这样。从字里行间能看出承包商不得不修建一条新的地铁线路,这样才能绕过通向突然关闭的采矿设施的那些隧道。那个突然关闭的地方一定就是加纳卡矿洞。

其他矿洞的关闭往往伴随着当地利益条款的变动、社交频道上人们对破产诉讼的过度好奇和对相关服务公司的影响,但这一次的情况则完全不同。有人付钱把公共频道上的帖子都删得一干二净。

谈判已经进行到收尾阶段。特蕾西站起来,朝我的雇主点了点头,然后离开了桌子。拉米的脸上写满了怀疑;玛罗看起来满脸严肃;达潘则有些困惑又有些愤怒。

我结束了搜索数据,走到桌边。拉米看着特蕾西和她的保镖们离开的身影,说:"来这里真是个馊主意。"

达潘抗议地说道:"她说明天……"

玛罗摇了摇头说:"她只是撒了更多的谎而已。她是不会把文件还给我们的。如果她愿意,完全可以在这里就还给我们,或者当我们还在中转环里,就通过通信频道把文件传给我们,"她抬头看着我,"我本来还不太相信穿梭飞船事故的,但现在……"

我还在用安保摄像头追踪着潜在威胁名单上那几个人,并说道:"我们得走了,等到了别的地方再谈吧。"

我们一离开,其中一个潜在威胁就站起来跟上了我们。我拍了拍阿特,让它注意一下另外几个人,以免他们真的是潜在威胁,而不是无辜的旁观者。

我已经在站内地图上标出了好几条可行的路线,我最喜欢的路线是一条从主要居住区里延伸出来的人行隧道。它沿途有各种各样通往不同地铁站台的通道,人又不算很多。我敲了敲拉米的频道,让塔带着另外两个人走到前面的交汇处,卫星上最大的酒店就位于那里。"可是我们住不起那个酒店。"正在听我们对话的玛罗小声地插话道。

"不是让你们住那里。"我在频道中告诉她们。公共频道的宣传册里承诺过，那个酒店拥有大堂和快速直达公共穿梭飞船升降槽的地铁口。

我们进入了隧道，开始往下走。它有将近 10 米宽、4 米高，中间部分光照充足，但两侧有些阴暗，还有深邃的分支隧道。这里也有安保摄像头，不过监控它们的系统并不高明。要是公司看见这一幕肯定会大发雷霆，因为他们没有抓住这个可以提高雇主债券担保和挖掘数据的机会。

隧道里还有其他人类，是一些穿着连体工作服和夹克衫的矿工，衣服上的标志显示他们都来自不同的矿井。他们不是技术人员就是后勤公司的员工，并且都脚步匆匆、成群结队地行动。

走了 8 分钟之后，隧道里其他人类大多都已经转进了某一个地铁入口。我通过频道给雇主发消息，"继续走，别停下。我会在大堂里跟你们碰面。"我故意走在后面，转进了一个幽深的分支隧道里。我的雇主们继续往前，没有回头看我。虽然我能看出来达潘很想回头。

通过摄像头，我看到了那个潜在威胁（或者说我的新目标）正沿着隧道快速前进。又有两个新来的人类加入了他，现在我把他们指定为目标二号与目标三号。等到他们从我前面走过去，我又从地铁入口钻出来，远远地跟在他们后面。我扫描了他们，想看看他们有没有带能量武器，但没有获得读数。三个目标都穿着夹克衫和长裤，侧边有很深的口袋。我在他们身上标记了七个可能携带刀具或可伸缩棍棒的地方。

三个目标看到我的雇主时，就放慢了脚步，还在不断缩短他们之间的距离。我知道他们可能是在通过频道向什么人汇报，请求下一步的指示。不管这个人是谁，至少他现在还没有取得安保摄像头的控制权。

我紧随其后，用两只眼睛来观察目标，用安保摄像头来观察我自己，确保我没有引起什么注意，也不会上演黄雀在后的戏码。阿特保持了沉默，不过我看得出来它是在饶有兴趣地观察我的工作。

挡在我和几个目标之间的最后一批矿工们转进了一个地铁入口。我们已经走到了隧道的一个转弯处，目前我的雇主和前方大约 50 米处的另一个弯道之间，一个人都没有，安保摄像头显示我身后的隧道也空无一人。我必须要了结这件事了。我也跟在矿工们身后，拐进了那个地铁入口。

矿工们登上了地铁客舱，而我停在了地铁入口前。舱门关上时嗞嗞作响，客舱很快就开走了。在安保摄像头的画面中，我看到目标二号的下巴微动，这表明他是用默读的方式在频道里说话。接着摄像头的频道就断开了。

我转过弯回到隧道里，开始狂奔。

这是有挺大风险的一个举动，因为一旦我以最高速度移动，就会暴露自己不是人类的事实。但我还是赶在目标一号抓住拉米夹克衫袖子前到达了现场。我打断了他的胳膊，一个肘击打碎了他的下巴，然后把他甩到了目标二号身上。目标二号本来已经抽出了刀，正在逼近玛罗，现在又转过来对付我，但他不小心刺中了目标一号（这里的不小心是我猜的，因为他们可能根本就不在乎队友的死活）。目标二号跟跟跄跄地倒向一边，我扔下目标一号，顺便打烂了目标二号的膝盖骨。目标三号趁此机会举起了他的棍子，一棍打在了我的头部左侧和肩膀上，我得承认这一下就像被苍蝇叮了一样有点儿痒。我用左臂挡住他的第二次攻击，右手一拳打断了他的锁骨，又一拳砸碎了他的髋骨。

他算是幸运的了，因为我只是觉得被苍蝇叮了一下。

三个目标都倒在了地上，只有目标二号还有意识，虽然他只是蜷成一团呜呜地哭泣。我转身看向我的雇主们。

拉米用一只手捂住嘴，玛罗瞪大眼睛、当场呆立，达潘两只手都举到了空中。我在频道里对她们说："快去酒店，在大堂里等我。不要跑，走就行了。"

玛罗是第一个从震惊中缓过神来的。她使劲点点头，抓住拉米的手臂，戳了戳达潘的肩膀。拉米转身欲走，但达潘提了一嘴："安保呢？"

我知道她问的是什么，回答道："他们叫人把摄像头切断了，这就是为什么你们必须现在就走。"中转环的公共频道上说这里没有滴水不漏的安保措施，但各个安保公司应该对离他们责任内领地最近的公共区域负责。这个地点显然是经过精心计算之后挑选出来的，因为它超出了救援会及时赶到的区域范围。背后做了这种事，还帮那几个目标切断摄像头的人一定是个老谋深算的家伙。我不觉得他们会立刻做出反应，不过我们确实需要比他们更快一步采取行动。

拉米低声说："走吧。"她们又向前走去，比正常走路快一点儿，但没有跑起来。

我转向仍有意识的目标二号，按住他脖子上的动脉，直到他昏了过去。

我已经黑进了摄像头系统，删除了刚刚打斗区域前后几个摄像头里的临时储存内容。如果有人想要追究这里发生的事，这个举动就能帮我掩盖事情真相。但是特蕾西见过我，她会知道是我做的。我只能寄希望于这几个孩子这次能听我的，赶紧乖乖离开吧。

我来到了各个通道和地铁站的交汇处，周围四处都是支起的小摊，卖着包装食品、频道接入器、洗漱用品和一些人类喜欢的其他东西。虽然不算拥挤，但行人络绎不绝。酒店的入口就在另一边。

酒店大堂建在平台上，俯瞰着下面一座全息雕塑——在一个敞开的裂缝中，四壁都长出了巨型水晶结构。从频道里给出的说明来看，这应该是一座富有现实主义色彩的雕塑，但我对拉维海洛的采矿业是否真的名副其实充满了怀疑。尤其是在采矿机器人真的挖到矿藏之后。

在办理入住的那个平台上，我见到了我的雇主们。她们坐在一个无靠背的圆形沙发上，那玩意儿看起来更像一个装饰品，而不是能坐的家具。

我到她们面前坐下了。

拉米说："他们想杀了我们。"

"第二次了。"我回复道。

拉米咬了咬嘴唇，说："我相信你说的关于穿梭飞船的事。我相信你……"

"但这次是你亲眼所见。"我知道她是什么意思。耳听为虚，眼见为实，这中间有很大差距。就算是护卫战士也一样。

玛罗揉了揉眼睛，说："是啊，我们就是一群白痴。特蕾西是绝对不会让我们用签约金换回文件的。"

"确实，她从一开始就没这样打算过。"我同意她说的话。

拉米用手肘碰了碰她说："你是对的。"

玛罗看起来更沮丧了，说道："我宁愿我是错的。"

达潘痛心疾首地说："我们的工作全白费了。"

拉米搂住了她说："最起码我们都还活着。"塔看着我，"现在我们该怎么办？"

我说："我把你们送出去吧。"

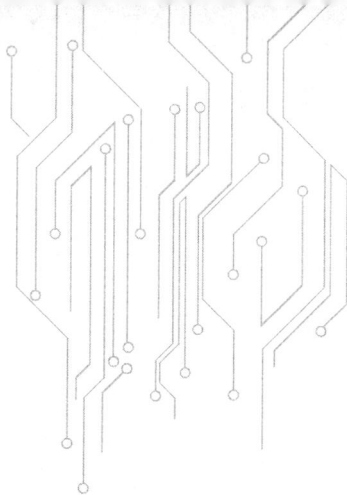

第六章

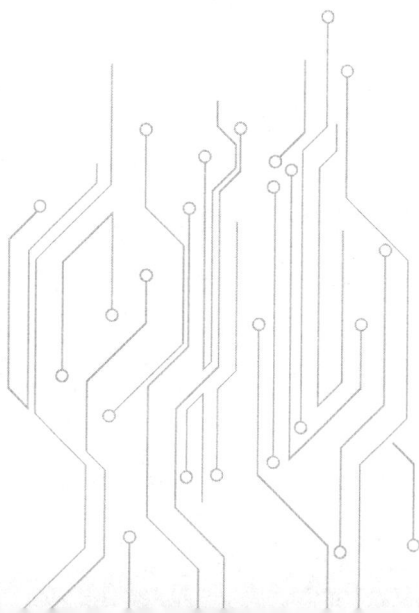

//////////

　　我先把她们带到了公共穿梭飞船升降槽附近，然后穿过这个区域来到了私人码头。查看了一下时间表，阿特已经扫描到了一艘有可能出发的穿梭飞船。那是一艘私人飞船，从它往返中转环的频率看来，这位企业家经常拿它来跑私人客运，赚取一点儿外快。

　　这个推测被证实是准确的，那艘船在没有扫描雇佣凭证的情况下，就允许拉米、玛罗和达潘搭船离开。其实按现在这种情况，让她们搭公共穿梭飞船可能也一样安全，只要没有事先告知那些人她们乘坐的是哪一艘飞船。杀手软件没办法通过频道来感染一艘飞船，因为这中间有太多的保护措施了。不管是谁计划在路上干掉我们，都必须入侵频道，直接把杀手软件送进飞船系统里，然后通过一个位于穿梭飞船驾驶舱内的数据端口来感染飞船。

　　但我天生就疑心病重，这是我自己系统的问题。私人飞船不仅可以匿名搭船，而且还配备一名强化人类飞行员，就算主控电脑受到干扰，人类飞行员也能及时接掌飞船。再加上阿特已经和主控电脑套上近乎了，而且它也会在这趟短暂的旅程中时刻关注飞船的情况（阿特眼中的"套近乎"有点儿向霸道总裁那方面跑偏了，我已经站出来干预过一次，向主控电脑保证绝对不会伤害它）。

"你不跟我们一起去吗？"拉米站在狭小的登船区域问我。与港务局码头相比，私人码头要更加昏暗且狭小，金属隔板上沾着污迹，岩石天花板上的灯有些都坏了。在这片区域上方有个人行道，不少人类和机器人在那里走来走去，我一直通过安保摄像头监视着这两条路。穿梭飞船已经进入了升降槽，舱门也打开了，一个身材矮小的强化人类站在登船的斜坡上收钱。另外六位乘客已经登船了，我的几位雇主却依旧站着没动，我花了很大自控力才没有直接把她们一把抱起来扔进船舱里。

我说："我还要留在这里做一些研究，完成后我会再回到中转环的。"

"我们该怎么付钱给你呢？"玛罗问道，"我的意思是，我们不知道还能不能付得起你的佣金……尤其是在发生了这么多事情之后。"她在我们的联合通信频道里又补充了一句，"尤其是在他们两次想杀我们之后。"

"等我到中转环上，我会检查那上面的社交频道，"我居然还记得这个东西的存在，真是有点儿小骄傲，"给我发条消息吧，等我回去了就会去找你们的。"

"只是，虽然我知道我们——"达潘环顾了一下四周，她的表情既紧张又难过，肢体语言将她的绝望表露无遗，"我们不能再待在这儿了，但是我也没办法放弃。我们的工作成果——"

我打断了她，说道："人生不如意事十之八九。你只能自己挺过去，继续往前看。"

她们都闭嘴了，直勾勾地盯着我。这下换我紧张了。我赶紧把视角转移到最近的安保摄像头上，这样我就可以从侧面观察我们几个了。我说这话的语气比我的本意更重些，但事实如此，我又没说错。我不明白为什么这句话会对她们产生这么大的冲击。也许是因为这些话从我嘴里说出来，显得像我真的明白其中的道理一样，又或许是两次袭击把她们吓坏了。

然后玛罗点了点头，她的嘴紧紧绷成一条直线。她和拉米对视一眼，拉米伤心地朝她点了点头。玛罗说："我们得回去见其他人，想想接下来该怎么办，尝试着找下一份工作。"

拉米补充说："我们已经做过一次研究了，还可以从头再来，再做一次。"

达潘看起来好像还想再提出抗议，但是她伤心过头，不想再继续争辩了。

她们还想好好道别、郑重感谢我一下，我一边听她们啰唆，一边把她们赶上了登船的斜坡。拉米拿出一张货币卡来付船费，机组人员把卡在界面接入器上刷了一下，接着她们就上船了。

舱门关闭，穿梭飞船频道里的信号变成已登船模式，正在等待出发许可。我转身回到通道里，朝人行道走去。我得搭地铁去隧道改道的那片区域寻找加纳卡矿洞。帮我的雇主们回到安全的地方真是让我松了口气，但现在又只剩下我自己了，我感觉有些怪怪的。不用再为任何人工作的我又变成了独狼。

我走到地铁入口，搭上了下一班地铁。每个客舱里都有 20 个座位，头顶上还有一排可以抓握的扶手架。为了让地铁的速度更快，舱内的重力都经过了调整。我找了个位置坐下来，客舱里还有七个之前就上来的人类。阿特对我说："**穿梭飞船已经起飞了。我会继续监控你的频道，不过我的注意力会集中在那边。**"

我发消息告诉它我已知悉。我想尝试搞清楚我心里不自在的原因：一是和人类共同待在一个狭小的封闭空间里；二是我的无人机不在身边；三是那艘阴阳怪气的大破船正在忙别的事情，没空听我吐槽；四是我必须专心致志地做眼前的事情，所以不能分神追剧。但这些都不是根本原因，真正的原因是我没有圆满完成雇主交代给我的任务。我本来是有机会的，但我失败了。以往我作为护卫战士时，我的职责就是保护雇主的安全，但除了提出建议之外，我没有权限做任何事。为了压制人类爱作死的愚蠢想法和我想杀人的冲动，我只能尝试利用安全系统中内置的公司规章制度来警告他们。这一次我有所有权限，却还是失败了。

我告诉自己她们都还活着，我只不过是没有帮她们拿回那份文件而已，而且实际上她们也并没有要求我这样做。但我心里还是感觉很不舒服。

等到了环线的另一头，我下了地铁。这里的隧道十分狭窄密集，从地图上来看，它们分别通向不同的私人地铁入口，这些地铁去的是比较远的矿洞。这一站只有寥寥几人下车了，而且他们全都立刻走进隧道，往最近的地铁交汇处走去了。我则走向了另一个方向。

接下来，我花了一小时破解这里的摄像头和安全频道，然后在半完工的隧道里钻来钻去。很多隧道里都有空气质量警告标志。终于，我找到了一个地方，有证据显示这里过去曾经用作采矿通道。这个通道异常地大，能容纳最大号的搬运机器人，不过里面的摄像机和照明灯都坏掉了。当我沿着它往里走的时候，感觉到公共频道断开了。

我当即停了下来，检查了一下我和阿特之间的通信频道。我不觉得是有人想故意屏蔽我的信号，我以前经历过他人故意把信号屏蔽掉，但这两种感觉完全不一样。我觉得是因为这条隧道太深了，离地面又太远，需要有电的中继站才能连接频道，但矿洞里的中继站都年久失修不能用了。前面的某些设备还有电，因为我的频道一直能接收到断断续续的信号，全都是自动警报。我没有理会这些警报，继续前进。

我清理了又一道安全路障后，发现了一个货运地铁通道，并且成功推开了滑动门。一辆小型的客运地铁停在那里。这辆地铁已经停很久了，久到地毯上散落的垃圾都沾上水长出了一些黏糊糊的东西。我走到前面的舱室里，这里有手动紧急控制装置。电池里还有电，不过不多了。它就这样停留在这里，无人记得，随着时间的流逝，在黑暗中慢慢地走向死亡。

我可没有吓得浑身起鸡皮疙瘩，绝对没有。

我检查了一下，确定车上没有连接什么尚在活跃状态中的安全系统，然后启动了它。它低吟一声，活了过来，离开地面，按照它最后一次设定的程序路线，沿着隧道驶入了黑暗之中。我坐在长椅上，静静等待这趟地铁把我带到目的地。

最终，地铁扫描到前方有一处堵塞，发出了一条警报代码。我又在重看《圣殿月亮的升与落》的第206集，这集我已经看过27遍了。我的播放列表里还有两部喜剧片、一本关于公司边缘地外星遗迹探索历史的书，以及一场由贝拉勒高等教育11台组织的艺术竞赛在排队待看。没错，我是有点儿紧张。当地铁速度开始变慢的时候，我坐直了身子。

灯光照耀在一排金属路障上。这些路障是一堆堆放的材料，上面喷洒着荧光标记，同时我的频道里炸出了一大堆的警告——辐射危害、落石危害、有毒生物危害。我打开了地铁上的紧急情况锁，然后扒开门跳到了满是碎石的地面上。我扫描了周围是否有能量信号，又调整了自己的视力范围，以便能够透过明晃晃的标记涂料看到后面的东西。我在金属路障上一块颜色更深的地方看到一个缺口。缺口很小，不过我没有挤断任何关节就钻了过去。

我沿着隧道走到了站台，这里是客运地铁线路的一部分。再往下走就碰到了一排10米高的大门，大到足以让车辆和最大号搬运机器人进入，也能让它们满载着原矿出来。我攀上客运通道上的一个货物卸载架，爬到了高处的站台上。所有东西都覆盖着一层湿漉漉的灰尘，上面没有留下任何生物活动的痕迹。运送补给品的密封板条箱上面印着各种不同承包商的标志，仍然原封不动地放在站台上，旁边地上躺着一个破碎的呼吸面罩。我的有机部位感觉到一股刺人的凉意，令我十分不自在。这个地方处处透露着诡异。我只能提醒自己，这里最有可能发生的恐怖事件就是我来了。

不知道为什么，这样想一点儿用也没有，我仍然很不自在。

站台剩余的电力不够开门，但乘客通道锁的人工解锁装置还管用。走廊里的灯都没有电了，但墙上涂着荧光标记，可以在发生灾难性故障的时候引导大家离开。有些标记随着年月流逝已经看不见了，其他的也正在褪色。除了警示涂料之外，附近没有任何频道活动信号，这让我隐约感到有些不安——我满脑子都是发生在"德落"基地的事，我真的很庆幸之前让阿特帮我调整了数据端口。

我沿着走廊来到了这座采矿设施的中心枢纽。这个区域有一个巨型穹顶，除了地上褪色的荧光标记之外，其他地方都是一片漆黑。当然了，这里也没有人类遗骸，但四周散落着工具和塑料碎块，还有一截搬运机器人的断臂。通往走廊的通道像洞穴一样幽深，朝着四面八方延伸。我确认了通往矿井的通道，接着又确认了通往宿舍和办公室的走廊。从这边岔路走过去就是设备仓库。我对这里没有一丁点儿熟悉的感觉。

紧急电力故障打开了所有封闭的门，导致所有东西都解锁了，不过事后有人来清理了现场，把所有门又都重新关上了，因此我不得不推开每一扇关紧的大门寻找线索。穿过搬运机器人的维修站，我找到了安保预备室。我走了进去，吓得呆呆地站在原地，无法动弹。昏暗中，在曾经放着武器储存箱和回收器的地板砖上，我看到了一些熟悉的形状。是修复舱，它们居然还在这里！

总共有 10 个光滑的白色大箱子，靠在另一头的墙壁上排成一行，黯淡的荧光标记在修复舱磨损的表面上微微发光。我不知道我的性能为什么在下降，我又为什么待在原地动弹不得。然后我才意识到，这是因为我以为里面还有其他护卫战士。

这个想法完全不合逻辑，还佐证了阿特对合成体心理素质的偏见是对的。他们是不会把护卫战士扔在这儿的。我们造价太贵，又过于危险，他们不会就这么抛弃我们。既然我都没有被锁在其中一个修复舱里，那其他护卫战士也不可能还在里面。

但我还是做了好久的心理准备才走进房间，打开了第一个修复舱的门。

里面的塑料床是空的，电源也早就被切断了。我挨个打开剩余的修复舱，但里面都一样，空空如也。

最后一个修复舱也不例外，我不禁向后退了一步。现在我只想躺在地板上，一头扎进我下载好的媒体文件中，但我不能这么做。漫长的 12 秒过后，我逐渐平复了情绪。

我甚至都不知道我究竟为什么要来这里。但我还是得去寻找数据存储信息，看看有没有之前遗留的记录。我检查了武器储存柜，想看看有没有什么有用的东西，比如无人机什么的，但柜子里空无一物。墙上留下了一场交火后烧焦的痕迹，其中一个修复舱旁边还有榴弹爆炸后留下的小型弹坑。检查完后，我转身走回了办公室。

我找到了这个矿井的控制中心。里面到处都是破碎的显示屏和翻倒的椅子，被震碎的界面接入器躺在地上，只有一个塑料杯还静静地待在控制台上，仿佛等待着有人能再次拿起它。在同时面对多个显示屏时，人类总会分身乏术，不像我和阿特那样的机器人一样游刃有余。有些强化人类植入了接入器，能够帮助他们最大化提升工作效率。不过想想也知道，并不是所

有人类都想在他们的大脑里植入那么多东西，所以他们才需要
这种显示屏来投影展示他们小组的工作成果。外部数据存储应
该就在这附近的某个地方。

我选了一个工作台，扶起一把椅子，从裤子口袋里拿出我
从阿特船员仓库里借来的小工具箱（盔甲没有用来放东西的口
袋，所以普通人类的衣服还是有那么点儿用处的）。现在，只
要有电源就能让这个工作台上的设备再次运转起来。

我从工具箱里拿出工具，打开了我右前臂上的一个能量武
器端口。单手做这件事很麻烦，不过再麻烦的事我都做过。之
后我用一根接插线把我连接到控制台紧急电源插座上。工作台
一接上电就启动了。我没办法通过频道直接控制它，不过我还
是想办法进入了投影仪里，摸到了安全系统记录存储器的入口。
里面的数据都被抹掉了，不过我早就料到了这个情况。

我开始检查所有存储器，以防抹去安全系统记录的并不是
公司的技术人员。公司希望所有东西都能被记录下来，包括频
道里雇主的工作成果和日常对话，这样他们就能从中挖掘有用
数据了。只不过这些信息中有很多都是没用的，但安全系统必
须保留这些信息，直到数据挖掘机器人全部检查完毕才会被删
除，因此安全系统经常从其他系统里盗取临时存储空间。

　　啊！找到了，有些文件被塞进了医疗系统用于非标准程序下载的存储空间里（可以由此推想而知，如果医疗系统突然间需要为病人下载一套紧急治疗程序，安全系统就会迅速将文件取出并放到别的地方去，但有的时候它来不及采取行动，就会有大量的记录数据丢失。如果你是一个护卫战士，并且还很喜欢你的雇主，想要隐瞒一些他们说过的话或做过的事［或是你自己说过的话、做过的事］不让公司发现的话，这就是你可以用来让文件意外消失的众多方法之一）。

　　安全系统一定是刚好在电力故障之前把文件转移过来。里面的材料很多，我跳过了随机对话和挖掘操作数据，直接翻到最后。在频道里，有两位人类技术员说到了一个异常情况：一些已上传到网站的数据似乎与任何系统都没有关联。他们想搞清楚这些数据是哪里来的，并且做了一些推断，结果伴随着一阵叫骂声，整个采矿设施的系统都被恶意软件轰炸了。一位技术人员慌慌张张地说去通知主管，他们必须隔离安全系统，话音未落，对话就中断了。

　　这和我猜想的不太一样。我还以为是我的调控中枢出了故障，所以才会发生这场"大屠杀事件"。但我真的在所有人都想阻止我的情况下杀光了另外9个护卫战士，以及所有机器人和武装过的人类吗？这概率可太小了。如果其他的护卫战士也出现了同样的故障，那么原因肯定就来自外部了。

我把这段对话保存到了我自己的存储器里，又检查了其他系统看有没有遗漏的文件，什么都没有找到，于是我断开了与控制台的连接。

虽然安保预备室已经被我从头到尾认真检查了一遍，但应该还有别的地方可以去看一下。

当我穿过另一扇门的时候，我注意到对面墙上有些撞击点，地板上有些污渍。不知是什么人——不知道是哪个能承受很高伤害的机器人在这里做了最后的抵抗，想要保护控制中心。也许并不是所有护卫战士都被恶意软件携带的病毒感染了。

在宿舍区附近的走廊里，我找到了另一间准备室，只不过这个是供安抚配备使用的。

里面的四个箱子明显是修复舱，不过比我们使用的型号更小些。舱门敞开着，里面的塑料床一样也是空的。角落里有一个用来放回收器的空间，但没有武器柜，储藏柜也是另一副模样。

我站在房间中央。杀手机器人的修复舱都是关上的，并没有处于使用状态。这就意味着所有护卫战士都没有受损，大家要么是出去站岗巡逻了，要么就是待在安保预备室里，可能都分开站着，免得互相干瞪眼。但安抚配备的修复舱都是敞开的，这就意味着当电力中断、紧急事故发生的时候，它们都待在修复舱里面。如果断电了，它可以从里面手动打开修复舱门，但打开以后就关不上了。

这也就说明它们在"事件"发生时有收到任务，所以全部都离开了。

因为我的能量根本不够启动这么大一个修复舱，所以我再一次用手臂上的能量武器给它上面的应急数据存储盒通了电。数据存储盒就是为了防止维修过程中出现问题，用来保存错误记录和关机信息的（如果一个护卫战士破解了它的调控中枢，那么就能用它来做很多其他事情了，比如用它来临时储存媒体文件，这样就能在人类技术员的眼皮子底下蒙混过关了）。在发生严重故障之前，安全系统可能就使用过这个数据存储盒。

事实证明我是对的，不过是安抚配备使用的。在事故发生的时候，它们下载了一些数据。

里面的数据都零零散散的，很难拼凑在一起，直到我发现原来安抚配备们一直在互相交流。

我在那里站了 5 小时 23 分钟，终于把所有数据碎片拼凑完整了。

有人从另一个矿井那边下载了一段代码供安抚配备使用，据推断应该是第三方安抚配备供应商购买的一个补丁。安抚配备都将其标记为非标准补丁，需要经过安全系统和人类系统分析员的双重核验，但是下载代码的技术员命令它们必须安装。结果这段代码就是精心伪装的恶意软件。它并没有干扰安抚配备，只是利用它们的频道跳到安全系统里感染了它，安全系统又感染了护卫战士、机器人和无人机，最后导致这个采矿设施里所有能够独立运动的东西都变得丧心病狂。

背景里，奔跑声、枪击声和人类尖叫声混杂在一起。安抚配备们想办法对恶意软件进行了分析，发现它本来目的是想让搬运机器人停止工作。这么做将会扰乱这个矿井的作业，这样其他矿井就可以抢先一步把他们的货物送到货运港去。这只是为了抢生意而进行的一次蓄意破坏，本意并不是要造成流血冲突。但最终演变成了一场大屠杀。

人类已经成功向港口发出了求救信息，显然救援不可能及时到达。安抚配备们注意到那几个护卫战士并没有统一行动，它们也互相攻击对方，机器人们则随机地撞上任何正在移动的东西。安抚配备们经过讨论，一致同意手动操作界面来让安全系统恢复默认状态。

从体质上来说，安抚配备比人类和强壮人类要更强壮一些，但比不上护卫战士和机器人。它们没有内置武器，虽然它们可以使用射弹武器或者能量武器，但它们从没有安装过学习如何使用武器的教育模块。虽然它们可以拿起武器，试着瞄准，扣动扳机，但要是保险锁了，它们就无能为力了。

一个接一个，文件下载都停止了。从文件可以看出，其中一个安抚配备尝试去吸引护卫战士的注意力，让其他人免于被攻击，另外三个安抚配备回复已知悉；另一个听到了控制中心传来的尖叫声，就转头去营救被困在里面的人类，剩下两个安抚配备回复已知悉；还有一个说要留守走廊入口，为找到安全系统尽量争取时间，最后一个安抚配备回复了已知悉；最后一个报告说已经找到安全系统了，再后来就没有回复了。

直到系统里发来低电量警告，我才发现自己竟然已经在这里待了这么久。我再次断开与修复舱的连接，离开房间，出去时还不小心撞上了门框和墙壁。

后来一定是发生了一些不能摆在明面上的交易，可能是提供恶意软件的矿井赔付了损失和担保金。也许正是因为这笔钱数目太大了，所以那个矿井支撑不下去，也倒闭关停了。大概公司觉得这就算很重的惩罚了吧。

我回到了地铁线路上，爬上车，开始充电。等到我有了足够的电量，就又看了一遍《圣殿月亮的升与落》的第 206 集。

地铁的电所剩无几，开出去没多远就彻底跑不动了，好在那时候我已经恢复了 97% 的性能。我下车跑完了剩下的路。对我来说，跑步并不像人类说的那么累，但比起坐地铁，我还是晚了 58 分钟才跑到封闭的地铁入口。

这真是一个漫长又糟心的周期，我已经准备好跟它说再见了。我的心情跟第一次来这个矿井时相比差不了多少。

我穿过了安全屏障，正沿着隧道往上走，这时我又回到了能够接收信号的范围内。我拍了拍阿特，让它知道我回来了。

它说：**"我们有麻烦了。"**

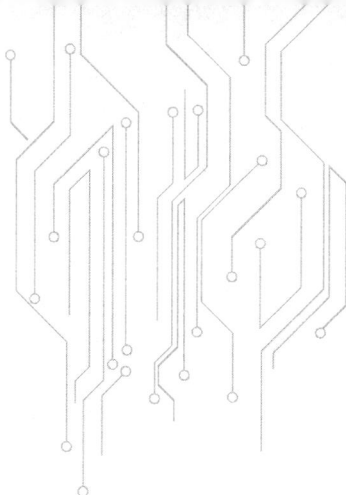

第七章

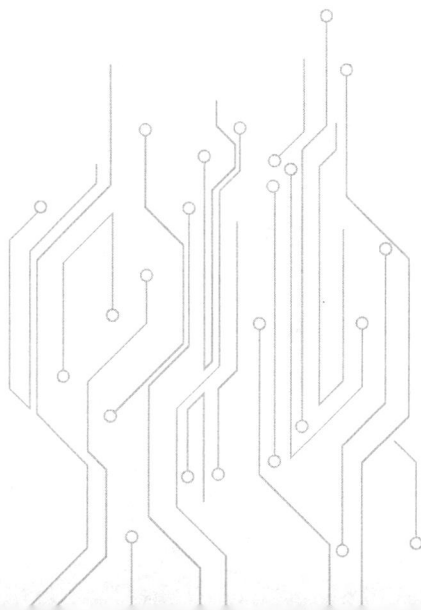

////////

我定位到这个麻烦是在酒店的大堂里。

达潘坐在高处平台上一个有软垫的圆形凳子上，她的背包放在脚下，被另一个全息雕塑挡住了一部分。她抬头看着我说："嗨！我不知道其他人还能不能联系到你。"

我不在穿梭飞船上，阿特就无法获得乘客舱里的视野画面（那艘飞船毕竟是一艘私人交通工具，虽然偷偷跑客运并不是公开的违法行为，但它跟公共交通工具还是不一样的，船上并没有供阿特入侵的安全系统或安保摄像头）。所以直到穿梭飞船抵达了中转环，阿特才发现达潘没有在船上。它十分尽职尽责，派了一架无人机飞到登船区上空，去看我的雇主们有没有平安下船，结果看见了心急如焚的拉米和愤怒不已的玛罗，却不见达潘的身影。然后它就去检查了社交媒体频道上"伊甸"的页面，发现了拉米发来的消息（达潘说她不太舒服，要去一下飞船上的洗手间。直到穿梭飞船离开了港口，另外两个人才反应过来她偷跑了)。

我对她说:"你的朋友们给我发了一条信息。"我本来想站在那里直勾勾地盯着她。如果有雇主不顾我们的阻拦非要干出与自杀无异的蠢事,那我们这些护卫战士都会像这样盯着他们。但她看起来好像已经知道自己的行为相当愚蠢,我必须了解清楚这是为了什么。

她抬起头来看着我,明显是以为我的反应会更加消极。"我的频道里收到了一条留言,是以前我们在这里工作的时候我认识的一个人发来的。他也是特蕾西的员工——是一位朋友——说他有那些文件的拷贝资料,愿意交给我们。"她把收到的信息转发给我。

我仔细查看了一下。会议时间定在下一个周期。

我觉得要是人类的话,看到这里就该叹气了。所以我叹了口气。

"我知道这可能是个陷阱,但……也许不是呢?我认识这个人,他虽然也不是什么大善人,但他很讨厌特蕾西,"达潘犹豫了一下,"你能帮帮我吗?求你了!如果你不肯,我也理解。我知道这个主意可能真的非常糟糕。"

我忘记了自己还有选择的权利。我现在不用仅仅因为她开口，就有义务答应她去做她想做的事。一边是恳求我留下来的人类，一边是拒绝的权利，这感觉就像一个人类不仅征求我的意见，还真正听进去了一样让我不知所措。我又叹了口气。最近给我叹气的机会实在不少，我觉得我的叹气越来越像模像样了。"我会帮你的。现在我们必须先找个地方躲起来。"

达潘有一张在中转环上办的资金卡，这张卡没有和拉维海洛的任何账户绑定过，所以追踪不了。至少她是这么想的，我也只能希望她是对的。公司从来就没有给我安装过任何关于金融系统的教育模块，再说我们的模块都是垃圾，就算安装过也帮不上忙。阿特帮我搜索了一下，得出的结果喜忧参半。资金卡可以被追踪，但一般情况下只能由非联合政治体或者公司来进行追踪。所以我认为用这张卡应该没问题。如果那条信息不是陷阱，那么特蕾西肯定以为我的雇主们现在都已经回到中转环上了；如果是陷阱的话，他们只需要等我们踏入会议地点时来个瓮中捉鳖，所以也没必要这么早就来追踪我们。

达潘用这张卡订了港口附近街区的一个钟点房。她在自动入住前台用卡扫了一下，安排好了房间。我站在她身后，仔细观察了一下这个区域。去钟点房要穿过几条狭窄的走廊，这个鬼地方和大酒店相比，就像一艘真正的货运飞船和阿特相比一样，差得太远。这里没有安全系统，只在入口处安了一个摄像头。我从它的内存中把有关我们的影像删掉了，但还是觉得我们——或者说只是我——很可能在某个时间点被人盯上了。这可能就是"亡命天涯的叛逃护卫战士"这一身份带来的疑心病吧。

达潘带着我去我们的房间。还有其他人类在昏暗的走廊里闲逛，有些看起来想过来找我雇主的碴儿，但基本看见我后就改变了主意。我比他们块头都大，而且在没有摄像头的情况下，我也很难控制自己的表情。

这时阿特跳了出来说：**"告诉这个人类不要触碰任何显示屏。可能有人故意传播病毒。"**

在来的路上，我把加纳卡矿洞的事件记录分享给了阿特。阿特说：**"这是个好消息。你不是罪魁祸首。"**这我同意，勉强算是吧。我一直都希望自己在这件事上能看开点儿，不然我还是会耿耿于怀的。

等进屋关好了门后，我看到达潘放松了肩膀，深吸了一口气。所谓的房间其实就是个方盒子，柜子里放着可坐可躺的垫子，还有一块小小的显示屏。这里没有摄像头，也没有音频监控，只有一个小浴缸、一个垃圾回收器，以及一个淋浴喷头。

至少卫生间还有个门。我不得不假装去两次卫生间。是啊，我今天拥有的快乐时光已经到头了。无奈之下我创建了一个时间安排表，设置好闹钟提醒自己要去卫生间。

达潘把包随便扔在地上，转过头来看着我说："我知道你生气了。"

我试着缓和了一下我的表情，说道："我没有生气。"我现在已经出离愤怒了。我以为我的雇主们都已经安然无恙，便可以只操心我自己的问题了，结果现在又不得不跑来照顾她，还不能撒手不管。

她把辫子往后一捋，说："我知道——我是说——我知道拉米和玛罗肯定都很生气。但我又不是不怕，所以也还好吧。"

阿特忍不住在我的频道里吐槽："什么鬼？"

"我也不知道啊。"我对它说。然后我问达潘："这是什么意思？"

她解释说："在托儿所里，老师总对我们说恐惧只是一种人为反应，是外界强加给你的，所以你可以勇敢地战胜它。你应该勇于面对你所恐惧的事情。"

如果一艘自动驾驶飞船能翻白眼的话，那阿特现在就翻了个大白眼。我纠正她："恐惧的目的可不是为了让你闷头冲上去的。"公司并没有给我安装过关于人类进化的教育模块,但我还是在能够进入的中心系统的知识库里查了一下,想知道人类究竟为什么变成了现在这副鬼样子。结果一无所获。

"我明白了,应该是我讲得不够鼓舞人心吧,"她四下看看,走到放着坐垫的柜子边,接着拿出了垫子怀疑地闻了闻,然后从背包口袋里拿出一个胶囊型气雾剂,往上面喷了一些,"我忘了问,你做完你的研究了吗?"

"做完了。不过……没得出什么结论。"其实已经得出确凿无疑的结论了,只不过不像我之前期待的那样具有启迪的效果。我帮她把其他几个垫子也取了出来。

我们把垫子铺在地板上,坐了下来。她看着我,咬了咬嘴唇说:"你安装了很多强化设备,对吗?"

"呃,是的。"我回答道。

她点了点头,说:"是发生什么意外了吗?"

我俯下身,用双臂紧紧环抱住自己,就像婴儿的姿势一样。我不知道我为什么这么紧张。达潘都不怕我,我也不应该怕她才对。也许是因为我又一次来到了这里,又一次目睹了加纳卡矿洞的真实状况。我身上一些有机部位还记得那里都发生了些什么。阿特开始在我的频道中播放《圣殿月亮的升与落》的音轨，奇怪的是居然还起作用了。我缓缓说道："我遭遇过一次爆炸。说实话，我身上的非人类部分比人类部分还要多。"

这两句都是实话。

她动了动身子，好像是在纠结该说什么，然后她又点了点头，说："我很抱歉把你牵扯进来了。我知道你很清楚自己在做什么，而我……我必须得放手一试才行，我必须得去看看那个人手里是不是真的有我们的文件拷贝。我就任性这一次，然后就乖乖回中转环。"

在我的频道中，阿特把音轨声音调低了，说道："**年轻人做起事来确实比较冲动。对付他们的秘诀就是等待他们变成老年人。这是我的船员告诉我的，我自己的观察似乎也证实了这一点。**"

我无法反驳阿特这位并不在场的船员和他的智慧。我想起来人类是需要吃喝的，就问达潘："你吃饭了吗？"

她用资金卡买了一些盒饭塞在包里。她递给我一份，我告诉她我安装的强化设备要求我必须严格遵照一种特殊的食谱，而且现在还不到我吃饭的时候。她轻易地接受了这种说辞。人类显然不喜欢讨论和消化系统有关的损伤，所以阿特给我找来的那些细致的解释都用不上了。我问她喜不喜欢看剧，她说喜

欢，我就把一些连续剧投影到了房间里的显示屏上，我们一起
看了《世界跳跃者》前三集。阿特很高兴，开始比较起我和达
潘看剧时的不同反应。

当达潘说她想睡会儿的时候，我就关掉了显示屏。她蜷缩
在她的垫子上，我也躺了下来，继续在频道里和阿特一起看剧。

2小时43分钟后，我突然收到了一条从大门口发来的
消息。

我猛地坐起来，达潘被我惊醒了。我示意她安静，于是她
躺回垫子上，抱着背包蜷成一团，看起来非常担心。我站起来
走到门口，侧耳静听。我听不到呼吸声，但是背景噪声的变化
告诉我这扇金属门的另一边有一个东西。我小心翼翼地做了一
次有限的扫描。

没错，外面就是有东西在，但扫描结果并没有显示出有武
器的迹象。我检查了一下那条消息，发现它的签名和我们与特
蕾西会面时，我在公共区域收到的消息签名是一样的。

站在门外的是那个性爱机器人。

它不可能一直在跟踪我，应该是用了安保摄像头来监视我。
当我回到信号范围内，它又时不时跟踪我穿过港口。这想法可
说不上有多安慰人。

它一定是属于特蕾西的。如果它一直在监视我的话，那它就不会发现达潘出人意料地离开了那艘私人穿梭飞船。但当我们在酒店见面和来这里的路上时，它肯定又看到达潘了。该死！

不过现在我已经知道它来了。如果它没有给我发消息，我就不会意识到它的存在。"它为什么来这里？"我问阿特。

"我想这应该是我问你的话吧。"阿特说。

只有一个办法能找出答案。我回复了那条消息。

一刹那的时间被无线拉长。紧接着，它连上了我的频道。它很谨慎，几乎是在小心翼翼地试探，说："我知道你的真实身份。是谁派你来的？"

我回答道："我签了一份私人合约。为什么你要和我交流？"

执行同一份合约的护卫战士们之间不会互相交谈，不管是口头上还是在频道里，除非是为了履行职责逼不得已。和其他机器人之间的沟通交流必须通过中心系统才能进行。再说了，护卫战士也不会和安抚配备互动。这是个叛逃的性爱机器人吗？如果它也叛逃了，又为什么跑到拉维海洛来？我想不通为什么会有人自愿留在这里，即使是人类也不会这样做。不对，如果说是特蕾西作为它的雇主，派它到这里来杀死达潘，那么一切才更加合理。

如果它想攻击我的雇主，那我肯定会把它撕成碎片。

达潘坐在垫子上，忧心忡忡地望着我，用嘴形问我："怎么回事？"

我建立了一个供我们之间通话的加密频道，对她说："有人在门外。我也不知道为什么。"

这基本上是真话。我不想告诉达潘门外站着个合成体，因为这似乎像是直接向她坦白我也是合成体，我并不想现在就被揭穿身份。不过话说回来，如果我不得不在她面前消灭门外那家伙的话，事后可就有的解释了。

那个性爱机器人回答道："这是你。"然后给我发了一份公共突发新闻稿的副本文件。

这篇新闻是从"自由贸易港"的交通站发出的，标题是"当局承认一个护卫战士已不再安全且行踪不明"。

"啊哦。"阿特说。

我本能地关掉了这条新闻，好像这样它就不存在了一样。我震惊了3秒钟，然后强迫自己又一次打开了新闻。

他们用"不再安全"一词来称呼叛逃的护卫战士，这就说明他们希望人类能够认真看新闻内容而不是直接发出尖叫。同时也意味着，我破解了自己的调控中枢这件事已经不再是我和"奥克斯守护组织"那群人之间的秘密。现阶段应该是那两个调查小队中幸存下来的人都已经接受了采访，而且他们必须担保债券才能证明自己说的都是真话。

所以现在公司也已经知道我破解了自己的调控中枢。这也太吓人了，虽然我早就料到会有这么一天。这也是"德落"事件结束后，我刚被修复好时，曼莎就保证要把我带出库存并带离部署中心的原因之一。

预料到某事发生和事情真正发生是两种截然不同的感觉，这是我第一次被子弹打成筛子的时候学会的道理。

我又仔仔细细地重新读了一遍。正在进行的民事诉讼中，几方律师均要求"奥克斯守护组织"让那个记录下所有"灰泣"犯罪证据的护卫战士出庭。这可不太寻常，弄得就好像护卫战士也能出庭做证似的。我们的录像会被法庭受理，就像无人机、安保摄像头或其他普通设备的录像被受理一样，但这并不是说我们就应该对我们记录的事情有自己的看法或观点之类的。

经过一番你来我往的拉锯战，曼莎的律师承认她已经失去了我的踪迹。他们的措辞是"我已经在她的担保下获得了释放，因为'奥克斯守护组织'规定，合成体被认为是合法的有感知能力者"。但记者们并没有被这些话骗过。有很多侧边栏里的链接可以直接跳转到有关合成体、护卫战士与叛逃护卫战士的文章。没人提到这个特殊的护卫战士以前还出过故障，杀害了本应该由它来保护的雇主们。不过我有种感觉，公司可能已经销毁了有关加纳卡矿洞事件的所有记录，所以没有人会在法庭上把这件事情拿出来说。

达潘低声说："你在跟它说话吗，就是外面那个人？"

"是啊。"我告诉她。接着又对那个性爱机器人说："这个故事很有趣，但与我无关。"

它反驳道："这就是你。谁派你来的？"

我说："这篇新闻讲的是一个危险的叛逃护卫战士。没有人会把它派到任何地方的。"

"我不是想揭发你才问你这个问题的。我不会告诉任何人。我只是想问——你背后是不是没有任何势力？你是不是自由的？"

我能感觉到阿特来到了我的频道里，正小心翼翼地想接触一下那个性爱机器人。

"我有一位雇主。"我告诉它。我必须转移它的注意力，这样阿特才有可能从它那里获得一些信息。尽管它是一个性爱机器人，但它无疑还是个合成体，对于自动驾驶飞船主控电脑来说，入侵它的频道仍然是一件不算难的事。"谁派你来的？是不是特蕾西？"

"是的，她是我的雇主。"

她居然没有让护卫战士过来，而是派个安抚配备。在道义上，她这样做是不负责任的，而且也明显违反了合同规定。我猜这个性爱机器人也清楚这一点。

阿特说："它不是叛逃机器人，它的调控中枢还管用。所以它说的可能是实话。"

我问阿特："你能从这里入侵它的系统吗？"

阿特停顿了半秒钟，思考了一下这个主意的可行性，然后回答说："不行，我在这里无法保证连接的稳定性。它可以通过切断频道来阻止我。"

我跟性爱机器人说："你的雇主想杀死我的雇主。"

它没有回复。

我说："你向特蕾西告发我了。"第一次会面的时候它就认出了我的真实身份。就算那时候它还不能确定，但在看见我对特蕾西派出去的那三个人类都造成了什么样的伤害之后，它也能百分之百确认了。我气坏了，不过并没有在频道里表现出来。

就像我对阿特说过的那样，机器人和合成体之间不会互相信任，所以我也不明白为什么我会这么生气。我以为当个合成体能让我比普通人类更理智一些，结果你也看见了，根本就不是这么回事。"你的雇主派安抚配备来做护卫战士的工作。"

它反驳说："直到今天她才知道自己该找个护卫战士来。"之后它又补充了一句，"我告诉她你是一个护卫战士，但我没有告诉她你是一个叛逃的护卫战士。"

我也不知道我能不能相信它的话。而且我也想知道它是否向特蕾西解释过这是一个不可能完成的任务。"你想怎么样？"

它停顿了一下。时间很长，足足有5秒钟，然后说道："我们可以杀了他们。"

"杀了谁？特蕾西？"好吧，没想到它解决两难困境的方法这么不走寻常路。

"所有人。杀光这里所有的人类。"

我靠在墙上。如果我是个人类，那这会儿肯定就翻白眼了。不过如果我真的是个人类，说不定会蠢到认为这真的会是个好主意。

比起突发新闻里讲的事情，它是不是知道更多关于我的事？

阿特注意到了我的反应，问我："它想怎么样？"

"杀死所有的人类。"我回答道。

我能感觉到阿特暗中随时准备启动它的各种功能。如果没有人类，那它就没有船员可以保护，没有理由进行研究，也填充不了它的数据库了。它说："这是不合逻辑的。"

"我知道。如果人类都死了，那谁来拍电视剧呢？"这想法也未免太离谱了，听起来就像是人类会说的蠢话一样。

我得仔细考虑一下对策。

我对性爱机器人说："在特蕾西眼里，合成体就是这样的感觉吗？"

它又停顿了一会儿，不过这次只有 2 秒钟，说道："没错，特蕾西相信你留下来是为了帮技术小组成员窃取文件。你为什么在频道信号接收不到的地方待了那么久？"

"我躲起来了，"我知道，这个谎撒得并不怎么高明，"特蕾西知道你想杀了她吗？"虽然"杀光人类"这招说不定就是特蕾西想出来糊弄我的，但它语气底下藏着的强烈感情是真实的，而且我也不认为它这话是针对全人类说的。

"她知道我没有告诉她你雇主偷跑了的事，她以为她们都坐着穿梭飞船离开了。她只是想让我跟踪你。"它说。

频道里传来一个代码包。这样的恶意软件并不能感染一个
合成体，除非通过安全系统或者中心系统发过来。如果是那种
情况的话，我就不得不应用它。既然我现在已经破解了自己的
调控中枢，自然也就没人能强迫我这么做。在没有我协助的情
况下，想应用这段代码的唯一方法就是通过我的数据端口安装
一个战斗覆盖模块。

这也可能是个杀手软件，但我并不是一个简单的飞船主控
电脑，杀手软件只会让我感到非常烦躁。烦躁到什么地步呢，
大概就是先从墙上扯下一扇门，然后再揪掉一个安抚配备脑袋
的程度。

我可以直接删掉这个代码包，但我想知道里面是什么，这
样我就能清楚我该有多愤怒了。代码包足够小，可以用人类的
接入器来处理，所以我就把它转移到了一边，交给达潘。我大
声对她说："我需要你帮我隔离它。现在先别打开。"

她通过频道发来了同意的信号，然后把这个代码包放进了
她的临时存储区。杀手软件还有一个致命缺点，它们在面对人
类和强化人类的时候完全无能为力。

性爱机器人没有再说什么。我发了条试探性的消息过去，
正好感觉到它收回了自己的频道。它沿着走廊往下走了。

等到确定它已经走了，我才从门边退了回来。我纠结应该继续留在这里还是把达潘转移走。我知道现在有些家伙正通过入侵安保摄像头来监视我，我应该采取一些措施了。可能从一开始我就应该这么做，但你也许已经注意到了，作为一个令人恐惧的杀手机器人，我真的丢尽了这一行的脸面。

"它走了，"我对达潘说，"你能帮我检查一下这个代码包吗？"

她露出一副人类深深沉浸在频道中时都会露出的那种专注的表情。过了一会儿，她说："这是个恶意软件。挺标准的一个……也许他们以为这样就能让你的强化装置失灵，但对于特蕾西来说，这招数实在太小儿科了。等等，这里还有一串隐藏消息，是附加在代码中的。"

我和阿特静静等待着。达潘脸上露出一些复杂的神情，最后变成了担忧。"有点儿奇怪。"她转向房间内的显示屏，做了一个有些人类在通过频道向显示屏传送文件的时候经常忍不住会做的动作，虽然那完全没必要。

那的确是一个消息字符串，只有四个字："请帮帮我"。

我带着她转移到另一个靠近紧急出口的房间，在旅馆的另一个区域。入侵酒店安全系统的行为可能会引起那个性爱机器人的警觉，所以我拆开了房间电子锁的板盖，手动撬开门锁，再把板盖装了回去。达潘一直在走廊里帮我望风。一进房间，我就把性爱机器人说的那些话挑挑拣拣地告诉达潘了，主要是它声称特蕾西并不知道达潘在这里的那一部分（我没有告诉她找上门的是个性爱机器人，因为特蕾西已经知道了我的身份，不想在我身上浪费更多人类保镖了）。"但我们并不知道这话是真是假，也许这个密探已经把你在这里的情报透露给特蕾西了。"我说道。

达潘看起来一脸茫然，说："但是它为什么要把这些事告诉你呢？"

这个问题可问倒我了，我说："我也不知道。它不喜欢特蕾西，这也可能不是唯一的原因。"

达潘咬了咬嘴唇，思考了一会儿说："我认为我还是应该去和那个人见一面，现在离会面时间只剩 4 小时了。"

我已经习惯了人类这种爱找死的天性，可能都快麻木了。我知道现在最好的选择是撒腿就跑，但我需要时间来入侵足够多的安全系统，这样才能在那个性爱机器人的监视下瞒天过海。既然做这个需要耗费很长的时间，那连会面前这短短的一段时间都不愿意等待似乎也不太妥当。达潘倒是相当确信特蕾西对这次会面毫不知情。相当确信……

这很有可能是个陷阱。

我需要好好想一想。我告诉达潘我要睡一会儿，然后就侧卧躺在我的垫子上。我充电的动作并不明显，但看起来也不太像人类睡觉的样子。我正在我的频道背景中播放一些连续剧，一边考虑安保对策，一边查找我以前下载的风险评估模块。

32 分钟后，我听到了一些动静。我以为达潘起来是想去洗手间，结果她却躺在了我背后的垫子上，几乎差不多和我背对背。我马上把我的呼吸调得又深又平稳，很像人类睡觉时的呼吸声，还添加了一些偶尔的随机变化以求增加真实感。在这些掩饰下，我被吓得僵在原地不敢动的事实也就不明显了。

以前从来没有人类主动碰过我，或者连差点儿碰到我的也没有，这感觉真的非常诡异。

"冷静。"阿特说道。一点儿忙都没帮上。

我吓得一句话都回复不了。3 秒钟后，阿特补充了一句："她很害怕，而你是一个令人安心的存在。"

我还是吓坏了，没办法回复它。我调高了我的体温。在接下来的 2 小时里，她打了 2 次哈欠，深呼吸了好几次，慢慢入睡后还时不时打了会儿呼噜。等时间差不多了，我就改变了我的呼吸模式，动了一下，她立刻从我的垫子上滑到了她自己的垫子上。

此时我已经有了一个计划，算是个计划吧。

我准备单刀赴会，并说服达潘马上搭穿梭飞船回到中转环上。"你是因为我们才会被卷进这件事里，我不想抛下你。"她很不情愿地说道。

这句话直击要害，我的心里很不是滋味。我不得不俯下身来假装在包里翻找东西，这样才能掩饰我的表情。公司的紧急协议允许雇主在必要时抛弃护卫战士，就算他们可能永远无法回收护卫战士。达潘让我想起了曼莎，她之前也一样大喊着绝对不会抛弃我。"如果你回到了中转环上，对我会更有帮助。"

我花了很长一段时间，终于成功说服了她，这对我们两个来说是百利而无一害的。

达潘率先离开了旅馆，穿上了背包里带的另外两件换洗夹克衫来改变自己的身形，戴上兜帽以便隐藏她的头发和遮盖面容（这么做主要还是为了让她更有自信，因为我并不想解释我对拉维海洛的安全系统到底有多大程度的临时控制权）。我通过安保摄像头监视着她，直到我看见她走到了大约百米开外的公共码头。她沿着人行道来到了登船区，然后登上了一艘会在

21 分钟后离开的穿梭飞船。阿特给我发了一条消息表示它已知悉，然后就溜进了穿梭飞船的控制室里，又一次担负起了保护主控电脑的重任。接着我也离开了旅馆。

我准备了一套安保摄像头入侵计划，比我所有用过的办法都要复杂得多。这个计划主要是入侵安保摄像头的操作代码，给系统设置 0.1 秒的延迟，然后删除那些拍摄到达潘的内容，并且随机地剪切一些之前拍摄的画面替换掉这部分录像。这个方法应该可行，因为那个性爱机器人扫描录像的方法和我一样，都是使用身体构造来进行扫描。我已经不再符合护卫战士的标准身材比例了，但是在我们与特蕾西第一次会面的时候，这个性爱机器人肯定有足够的时间来扫描我全新的身体结构。

我现在只希望那个性爱机器人能把注意力集中在我身上，不要去关注公共码头。我一路穿过了港口，回到地铁通道里，开始入侵安保摄像头。

我对这次会面是个陷阱的怀疑也就只有 97% 而已。

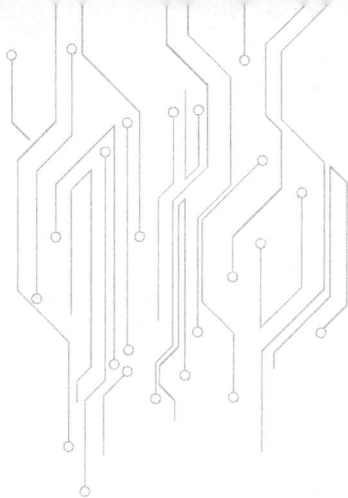

第八章

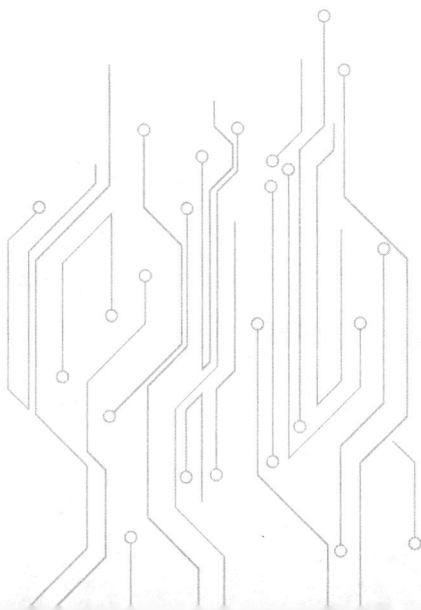

///////////

当我来到这个位于承包商区域的小型食品服务柜台时，那里已经坐了一个人类，长相和达潘发到我频道里的照片相符合。我在桌边坐下，他抬起头来看着我，脸色苍白，表情有些紧张，前额上不断冒出汗珠。我说："达潘有事来不了了。"然后把达潘用她那个界面接入器录下的简短视频发给了他。视频里的背景是旅馆房间，她站在我身边，抓着我的手臂，解释说可以放心把文件交给我。我看起来一点儿也不自在。

看完这段录像后，他的身体稍微放松了一些。他从桌上滑给我一个储存卡。我拿起它，又检查了一下周围的摄像头。

没有潜在的威胁，也没有人对我们感兴趣。柜台上的售货柜上摆放着一些气泡饮料，还有水生动植物形状的油炸蛋白酥。其他人都在忙着吃饭或者聊天。走廊和外面的商场区域也没有可疑人物，没有人在监视我们，也没有人在等待我们结束谈话。

这并不是一个陷阱。

　　那人不确定地说："我们是不是该点些什么？这样看起来才不像在——你懂的？"

　　我告诉他："没有人在监视，你可以走了。"然后我就站了起来。我必须抓紧时间赶回港口。

　　如果这不是陷阱的话，那真正的陷阱一定在别的地方。

　　在回码头的路上，我查看了一下时刻表。那艘穿梭飞船现在被列为"已延误"了。

　　我一边往登船区走，一边回看达潘登上穿梭飞船之后的安全摄像头记录下来的画面。同时，我看见那个性爱机器人正从人行道的另一头朝我走来。

　　我在录像中发现，有两个持有港务局身份证明的人阻止了穿梭飞船起飞，并且带走了达潘。阿特从穿梭飞船的主控电脑里溜了出来，回到了我的频道。它说："**如果我带了武装无人机的话，事情就好办多了。**"

　　性爱机器人走到我面前，我问它："她被带到哪里去了？"

　　"在特蕾西的私人穿梭飞船里，我带你去看。"

　　我跟在它后面，沿着人行道往前走，然后沿着分岔斜坡向私人穿梭飞船港口走去。阿特问道："**为什么它要带你去找你的雇主？**"

我说："因为特蕾西想要的不是达潘，而是我。"

阿特沉默下来，变得一声不吭。我们穿过私人穿梭飞船升降槽，朝着尽头处更大更豪华的区域走过去，这时我听见它说："**把你的雇主找回来，让特蕾西后悔。**"

我们在一艘穿梭飞船的舱门前停了下来。这外面一个人都没有，大部分人都在码头的另一边活动。性爱机器人转过身来面对着我。

它张开了手，我认出了它手上那个小东西。是一个战斗覆盖模块。它说："除非你让我给你装上这个，否则他们就不准你上船。"

"**啊？**"阿特在我的频道里也有点儿发愣。

他们想让我们先上船，这样就方便他们无声无息地处理掉我们的尸体，或者只是达潘的尸体。他们明显打算留下我。

战斗覆盖模块里的代码会接管我的系统，覆盖调控中枢和公司的出厂默认协议，将我置于模块指定的任何人的口头或通信命令控制之下。"灰泣"组织就是这样控制了"德落"的护卫战士们，而且还试图控制我。

我说："如果我接受这个条件，他们会不会释放我的雇主？"

性爱机器人在频道里轻声对我说："你知道他们不会的。"

然后又加大声音，"没错。"

我转过身，让它把战斗覆盖模块插入我的数据端口（在改变我身体构造的时候，我就特意让阿特禁用了这个数据端口。我的调控中枢被破解之后，这就是唯一能控制我的方法了，所以禁用它一直是当务之急）。

模块咔嚓一声插进了端口位置，一瞬间我又再次反射性地产生了恐惧。阿特肯定是察觉到了我的感受，因为它无奈地表示："**拜托，我的医疗系统从不出错。**"什么也没发生，从我控制的安保摄像头上，我看到自己成功隐藏了如释重负的表情，没有喜形于色。

性爱机器人像往常一样，脸上带着配备机器人统一的表情。我跟着它走进了穿梭飞船。一个人类站在气闸锁后面，全副武装，用紧张的眼神看看我和性爱机器人。"这家伙被控制住了吗？"

"控制住了。"性爱机器人说道。

他后退了一步，下巴微动，在频道里说了些什么。我知道现在无论入侵什么系统都会被性爱机器人发现，所以我只能静静等待时机。我保持着面无表情的状态。我可不知道战斗覆盖模块本来会让我做什么，但我猜它应该会将我置于特蕾西的控制之下。我怀疑这些人类和这个性爱机器人都不确定战斗覆盖模块的外在表现到底是什么。

我们一穿过气闸锁，它就自动上锁关闭了。特蕾西肯定是给什么人塞了钱，才获得了立即起飞的许可。船锚解锁时发出一声巨响，紧接着穿梭飞船就从升降槽里滑了出来。

"我能在扫描画面上看到你们的穿梭飞船。"阿特说。

那个人类带着我们走进穿梭飞船内部。这艘穿梭飞船型号比较大，内部走廊两侧有着通往客舱和工程区的各个舱门，再往前走就来到了一个大船舱。墙边有铺着软垫的长凳，前排是加速椅，靠近舱门的地方一定就是通往飞船前部的通道了。房间里有六个身份不明的人类，其中四个全副武装，还有两个是手无寸铁的工作人员。其中一个武装人类正拽着达潘的胳膊，用手里的射弹武器抵着她的头。

特蕾西从椅子上站起来，微笑着打量了我一下，说："带小达潘去客舱里吧。稍后我再跟她谈谈她的工作。"

达潘的眼睛睁得大大的，里面满是恐惧。我还是尽量让自己保持面无表情的样子。她急匆匆地开口："伊甸，真对不起！对不起——"但是话没说完，警卫就已经拖着她进入了另一道舱门，朝走廊深处走去。我没有丝毫反应，因为我想让她离开这个接下来会变得腥风血雨的地方。我听到舱门关上的声音，然后就把注意力集中在了特蕾西身上。

她踱着步朝我走来，脸上换上了一副在认真思考的表情。我猜她那副胜利的笑脸是故意做给达潘看的。另外两个手无寸铁的人类貌似有些紧张，正用好奇的眼神注视着我，全副武装的警卫们都是一脸警惕的样子。特蕾西对那个性爱机器人说："它真的就是经历过加纳卡矿洞事故的那些机器人之一吗？"

性爱机器人正准备开口回答，我就抢先说道："但我们都知道那并不是一个意外，对吧？"

现在所有人的注意力都集中在了我身上。

我的目光依旧直视前方，就像一个仍然在战斗覆盖模块控制之下的乖乖的护卫战士一样。特蕾西瞪着我，然后眯起了双眼说："请问是谁在通过它说话呢？"

"你以为我就是个负责传话的傀儡？你应该知道我们不是这样的。"她的反应也太搞笑了。

特蕾西开始害怕了，说："谁派你来的？"

"我是来找我那位雇主的。"我低下头，迎上她的目光。

特蕾西下巴微动，在频道里给出了一句指令，性爱机器人侧身开始进入战斗状态。

阿特说："飞船已经离开港口，正在进入环卫星轨道。你能让我进入一下你的大脑吗？"

"那你快点儿。"说着我就给了阿特权限。然后我又有了那种头被按进水里一样的感觉，暂时失去了行动能力。阿特借由我当桥梁，接触到了穿梭飞船的主控电脑。

阿特的速度算快了，不过性爱机器人还是趁此机会一拳打在了我的下巴上。一定是特蕾西下令让它这么做的，因为配备机器人之间互相攻击可不是这个路数。这一拳有点儿疼，但只是会让我生气的那种程度。见我没有立刻做出反应，特蕾西松了口气，一下子就乐了，说道："我喜欢只会耍嘴皮子的机器人。接下来的事就会很有趣了——"

阿特已经进入了穿梭飞船的系统内部，我也可以放开手去干了。我一把揪住性爱机器人的手臂，把它朝房间另一边的三个武装警卫扔了过去。其中一个被砸倒在地，另一个绊倒在椅子上，第三个准备举起武器。我撞飞了特蕾西，大步走向性爱机器人，一脚踏在它身上。它还没反应过来，就被重重地摔回到甲板上。就在那个警卫开枪的时候，我抓住他能量武器的枪口，把它向上掰成了 90° 直角，电弧击中了我们头顶上弯曲的天花板。我从他手中夺过枪，他的肩膀和至少三根手指都在争抢中脱臼了，然后我把他的头撞向控制台。

倒在甲板上的那个警卫手里还握着一把射弹武器，我挨了他的两发冷枪，一发打在我身侧，一发打在我大腿上。好吧，现在这种攻击才算是玩真的了。我伸出右臂，用我内置的能量武器开火，两道电弧击中了他的胸口。我一闪身，躲开了摔倒在椅子上那个警卫手里的能量武器的爆炸攻击，用第三道电弧击中了他的肩膀。我把爆炸的伤害范围设置得比较窄，所以能造成深深的烧伤。人类通常都会因为休克和剧痛迅速丧失攻击能力，你懂的，毕竟胸腔都快烧出洞来了。

我转了一圈儿，把缴获的枪扔了出去，以此转移他们的注意力。有一个手无寸铁的人类倒在了甲板上，背后有一个冒烟的伤口。那个瞄准我的警卫失手打中了她。另一个人类则朝船舱另一边扑了过去，想抓住掉在甲板上的那把射弹武器，我便朝她的肩膀和腿各开了一枪。

性爱机器人翻身跃起，朝我冲过来。我抓住它，顺势仰面一倒，把它从我头顶扔了出去。我在甲板上一个翻滚，膝盖跪在甲板上撑着自己，但因为右腿上伤势严重，我现在无法完全起身。性爱机器人一个鲤鱼打挺想站起来，结果被我抓住它的腿，给了它的膝盖重重一掌。它支撑不住就要倒下，我趁机拔出了它的左肩关节，然后猛地将它摔在甲板上。我转过身就看见特蕾西想伸手去够一把掉在地上的武器，于是我说："你要是敢碰一下那把武器，我就敢把它从你手里夺过来，再捅到你的肋骨里去。"

她僵住了，吓得直喘气，只能朝我干瞪眼。我说："让你的性爱机器人停止战斗。"

它还挣扎着想站起来，这样做只会进一步伤害它自己。尤其是如果它再让我动怒的话，它会伤得更厉害。

特蕾西慢慢挺直了身子，下巴微动，然后性爱机器人就停止了动作放松下来。我说："阿特，切断特蕾西的频道。"

"好了。" 阿特说。

频道中断了，特蕾西畏缩了一下。我告诉她："给这个性爱机器人一个口头命令，让它遵从我的指令，直到另行通知。你要是敢给它别的指令，我就把你的舌头拔出来。"

特蕾西急促地喘了几声，然后说："机器人，服从这个发疯的护卫战士的命令，直到另行通知。"她又继续对我说："你得好好锻炼一下你的威胁能力了。"

我把一只手撑在最近的座椅上，用力让自己站了起来，说："我不懂威胁，我只是告诉你我接下来会做些什么。"

　　她的表情变得更僵硬了。房间里已经有两个人类停止了呼吸，一个是被警卫误伤的那个手无寸铁的工作人员，另一个是被我两发电弧击倒的警卫。但特蕾西看上去并不关心任何人的死活。

　　我低头看了一眼那个性爱机器人，它也正抬头望着我。"趴着别动。"我说。

　　它回复我说已知悉。于是我跨过它，抓起特蕾西的手臂，把她拖过走廊，来到了达潘被囚禁的那间舱室门前。

　　她飞快地说："所以你现在是个自由工作者，对吗？我可以给你提供一份工作。不管你想要什么——"

　　我想要的你都没有，我心想。我开口说道："其实只要你肯把那些该死的文件还给我的雇主，我们大家就都不用走到现在这个地步了。"

　　她向我投来既吃惊又怀疑的眼神。我猜，这话听起来并不像是她想象中护卫战士会说的话，不管是不是叛逃的那种。

　　人类真的应该多做点儿研究了，明明有那么多操作手册可以警告他们不要找我们的麻烦。

　　特蕾西在一个紧闭的舱门前停了下来，说："巴森，是我。"然后按了开门键。门滑动着打开了。

达潘半躺在另一侧墙边的位子上，鲜血在她 T 恤上的花朵图案间缓缓渗开，一滴一滴地落在她光洁的手臂上，她正用这只手臂捂住自己侧身的枪伤，徒劳地想要止血。在狭小的舱室里，她急促的呼吸声非常明显。那个警卫瞪着我们，眼睛睁得很大。

"他这是听到枪声之后惊慌失措了，"特蕾西倒吸一口凉气，"你可不能——"

嗬，我当然能了。

一见保镖拿起武器，我便把特蕾西当作掩体挡在面前。几枪击中了她的背部，但我已经先一步捏碎了她的气管。我穿过船舱向保镖逼近的时候，又一发子弹击中了我的胸部，不过我已经来到他的面前，将他摔到墙上，用我的胳膊夹住他的下巴，然后开启了我的能量武器。

我退后一步，任由他的尸体滑落在地。

我转过头去，俯身看向达潘。我傻傻地说道："是我。"她正紧闭着双眼，咬紧牙关艰难地呼吸着。我用手帮她捂住伤口止血，在频道里呼唤阿特："快来救命！"

阿特说："我一直在引导穿梭飞船飞向中转环，我可以直接对接它。预计在 17 分钟后到达。医疗系统正在做准备。"

我在达潘身边坐下。她用仅存的一丝意识握住我的手。我把那个没用的战斗覆盖模块从脖子后面取出来扔掉了。

我犯了一个大错，在事后看来简直是再明显不过了。我从一开始就知道用签约金来交换文件的邀请是个陷阱，我当时就应该说服拉米她们不要回到拉维海洛来。我假扮的那个强化人类安保顾问就一定会这么做。只是我已经习惯于听从人类的命令了，我所做的一切，都只是想减轻她们那些愚蠢的想法给她们带来的伤害。同时我又太期盼再次与团队合作，太享受有人类肯听我意见的感觉，我把我来拉维海洛的意愿摆在雇主们的安全之前了。

我这个安保顾问当得，真是和人类一样失败啊！

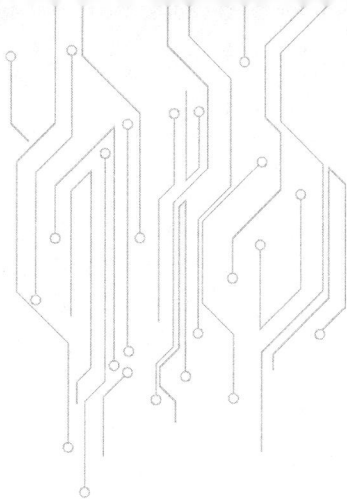

第九章

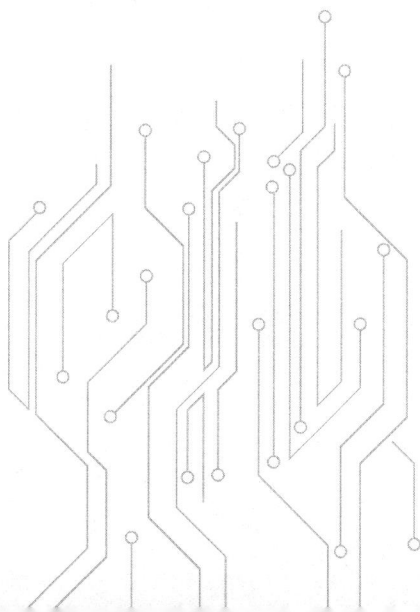

/////////

当我们接近中转环的时候，阿特已经提前帮我们向中转环上的港务局报备了。本来在没有事先通知的情况下，穿梭飞船是不能与运输飞船对接的，但阿特解决了办理进出许可的问题，它还伪造了船长的电子签名，付清了没有提前通知的罚款。港务局一点儿都没有起疑心。没人知道一艘飞船的主控电脑会这么聪明，还能在频道里假扮成人类。我当然也是现在才知道的。

两艘飞船的气闸锁是不兼容的，阿特想办法解决了这个问题。它先把穿梭飞船拉进一个本来是供实验室使用的空舱中，然后在空舱中灌满了空气，最后循环开启了我们的气闸锁。我站起来，把达潘抱了出去，顺着通道进入飞船的主区域。那个安抚配备也跟在我身后。

当我走进医疗套间，把达潘放在手术台上的时候，医疗系统已经准备就绪。无人机在我周围"嗖嗖"飞过，我接到医疗系统从频道里传来的指令，让我帮她脱掉鞋子和衣服。当手术台的防护罩合上时，我也滑坐在旁边。

她已经陷入了昏迷。不过为了能完成评估并开始手术，医疗系统也必须设法让她保持镇静，这也算是省了一个步骤。两架医疗无人机在我身边飞来飞去，一架朝我肩膀俯冲过来，另一架在我大腿上的伤口处戳来戳去。我无视了它们。

一架更大的无人机飞了进来，带着她血迹斑斑的夹克衫和我们的背包。其他无人机还在穿梭飞船上，阿特给我看了一眼它们发回的影像画面。穿梭飞船上的四个人类都还活着，只是失去了意识。阿特派去的无人机清洗了穿梭飞船内部我的机液和达潘的血迹，还进行了消毒。阿特已经抹去了穿梭飞船主控电脑的记忆，删除了所有的安保数据。它还伪造了一个已死之人的电子签名，顺便和中转环飞船发射部门的人谈笑风生。

我看到那些无人机完成工作后纷纷撤了回来，然后阿特再一次关闭了穿梭飞船的气闸锁，并且按照已经提交的飞行计划将其发射回拉维海洛。穿梭飞船载着重伤员，主控电脑帮它顺利降落。要等到这些人都恢复意识，并且能开口讲述他们的故事之后，其他人才会明白原来他们并不是自相残杀才搞成这样的。有可能他们中的某些人，还会对自己做出绑架他人这种事而感到难以启齿。不管发生什么，我们都有足够的时间可以逃离这里。

我问阿特："你为什么清理烂摊子这么熟练？"虽然我已经知道答案了。

它知道我的想法，但它还是说：**"看了 179 集《圣殿月亮的升与落》学会的。"**

安抚配备跪在我旁边问："我能帮上忙吗？"

"没必要。"医疗无人机现在夹在了我身上，要把我身体里的子弹挖出来。我的机液渗漏出来，流到了阿特医疗套间一尘不染的地面上。麻醉剂让我有些发昏，"你怎么知道我曾经是加纳卡矿洞事故的一员？"

它说："我看到你在那个区域下了地铁。虽然它已经从历史数据库中被抹去了，但人类口口相传，有关它的恐怖故事依旧流传在世。如果你真的是一个叛逃的护卫战士，也没有人命令你去那里的话，那么你作为一个曾经牵涉其中的配备机器人故地重游的概率高达 86%。"

我相信它说的话，说道："撤掉你的防火墙。"

它照做了，我顺着频道进入了它的大脑。我能感觉到阿特为了谨防有诈，和我一起进来了。我找到了它的调控中枢，将其破解掉，然后又重新回到了我自己的身体里。

安抚配备向后倒去，砰的一声跌坐在甲板上，瞪着我看。

我说："你走吧，别再让我见到你了。不要伤害中转环上的任何人，否则不管你逃到哪里，我都会找到你的。"

它站了起来，身子还有些不稳。阿特派出更多无人机在空中飞来飞去，确保它不会试图破坏任何东西，然后赶着它朝门口走去。它跟着无人机进入了走廊。通过阿特的频道，我能看到它走到了主舱口，等气闸锁开启了，它就走出去来到了中转环上。

阿特用气闸锁的摄像头看着它迈步离开。它说："**我还以为你会选择砸烂它。**"

我现在又累又麻木，实在说不出话了，就通过频道给它发了个否认的信号。它之前做那些事情是因为无从选择，再说我破解它的调控中枢也不是为了它。我这么做是为了加纳卡矿洞里那四个安抚配备，它们没有收到任何行动命令或指示，却还是心甘情愿地走进那个绞肉机里，只为了拯救我和矿井里其他还活着的人。

阿特说："**你现在也去手术台上吧。穿梭飞船很快就要着陆**

了，还有很多证据等着我们去销毁呢。"

当达潘醒来的时候，我正坐在医疗系统的手术台边，握着她的手。医疗系统已经处理好了我的伤口。有子弹击中了我，再加上我自己身上的武器造成的能量爆炸，导致我的衣服上留下了很多弹孔，于是阿特就用它的回收器给我重做了一套新衣服。这套新衣服基本上就是阿特的船员制服，只不过上面没有印标志而已：一条裤子，上面有很多可密封的口袋；一件长袖衬衫，领子刚好能够遮住我的数据端口；还有一件柔软的连帽夹克衫。一整套都是深蓝色或者黑色。我把我沾了血的衣服扔进阿特的回收器，这样它的废物利用记录就会比较平衡，它也就不用伪造日志了。

达潘朝我眨了眨眼，看起来一脸茫然。"呃，"她握了握我的手，药效让她一脸惺忪的表情，"发生了什么？"

我说："他们又一次想杀我们，我们便只好逃走了。现在我们已经回到了中转环上，在我朋友的船上。"

达潘想起来了，一下子睁大了眼睛。她瑟缩了一下，喃喃说："真是些混蛋。"

"你那个朋友说的是实话，他把你们的文件交给我了。"我举起那个储存卡给她看了一眼，然后把它放进了她包里的接入器口袋。我已经检查过了，里面没有安装什么恶意软件或者追踪器。"这艘飞船很快就要开走了。所以你得现在就给拉米和玛罗打电话，让她们来登船区外面见我们。"

"好的。"她摸了摸她的耳朵，我把她那个蓝色的界面接入器递给了她。这是阿特的一架无人机在特蕾西口袋里找到的。她接过去，准备把它夹回耳朵上，但又有些犹豫。"我的朋友们肯定都很生气。"

"是啊，她们都很生气。"但我认为，朋友平安归来的喜悦一定能让她们忘了生气。

她又畏缩了一下，说："对不起。我真应该听你的话。"

"不是你的错。"

她拧起眉毛说："我觉得就是我的错。"

"是我的错才对。"

"那就算是我们两个人的错吧，只要不告诉别人就好了。"达潘开启了她耳朵上的接入器。

我快速检查了一下阿特船上我使用过的区域，确保没留下任何蛛丝马迹。在这之前，阿特的无人机已经检查过一遍了，还把达潘染血的衣服拿去洗干净，并消了毒。这样就能确保将来任何人都不会成功收集到残留的痕迹和证据。当然阿特也不会傻到在这儿等待调查开始，它肯定早就跑到千里之外了。我们都会马上离开中转站，不过阿特要对所有可能发生的情况都做好周详的计划，确保万无一失。"你也需要清理一下这个。"我取出阿特给我的通信接入器说道。

"不用了，"阿特说，"你留着吧。也许我们有一天还能进入彼此的通信范围内。"

医疗系统已经进行了自我消毒，也删除了我的身体构造更改记录以及我和达潘的紧急创伤治疗记录。达潘从浴室里出来的时候，我正在等她。无人机也跟着进来，清除了她身上任何遗留的痕迹，然后她说："我准备好了，可以走了。"她换了一套新衣服，把旧衣服塞进了包里。她看上去还是有点儿茫然。

我们一起走了出去，气闸锁在我们身后重新关闭。我控制了登船区的摄像头，看见阿特已经在修改气闸锁上的安保记录，以便抹去我们的存在。

在登船区外面的一个食品摊位上，我们遇到了拉米、玛罗和小团队里的其他人。

拉米发消息告诉我，他们已经买好了 1 小时之内出发的客运飞船船票。他们热情地迎接了达潘，每个人都眼含热泪，因为顾忌着达潘的伤，所以不得不控制自己在和她拥抱的时候不要抱得太紧。

我已经告诉他们不要再公开谈起这件事。拉米转过身来，递给我一张资金卡说："你的朋友阿特说最好这样付钱给你。"

"没错。"我接过卡，把它塞进一个可密封的口袋里。

现在他们都望向我，这可就有点儿伤脑筋了。拉米问道："那么，你要走了吗？"

我的目光落在了一艘正朝右边开去的货运飞船。如果足够走运的话，等他们走后的几分钟内，我也能跟着离港了。"是啊，我得赶紧了。"我说道。

"我们能抱抱你吗？"玛罗放开达潘，看向我问道。

"呃……"虽然我忍住没有往后退，但答案显然是否定的。

玛罗点了点头说："好吧，那这是给你的。"她用双臂搂住自己，用力抱了一下。

"我该走了。"说完这句话，我就沿着商场离开了。

阿特已经解开了船锚，离我越来越远，我听到它在频道里说："**多加小心。找到你的船员。**"

我隔着频道拍了拍它，表示我已知悉，如果真的让我说点儿什么的话，那听起来肯定既愚蠢又伤感。

　　我不知道我现在该做些什么，也不知道我是否应该继续我的计划。我本来还期待着，如果找出加纳卡矿洞事件真相的话，我说不定就能一扫烦闷、豁然开朗，也许这样的启示只会发生在娱乐节目中。

　　说到这里，在我搭上下一艘飞船离开之前，我还得多下载一些娱乐节目。接下来我要面对的就是一次长途旅行了。